김종철 시인의 작품 세계 **04**

삶과 못과 시의 변주곡

김 종 철
시 인 의
작품 세계
04

삶과 못과 시의 변주곡

/ 김종회

문학수첩

김종철 시인의 작품 세계
발간에 즈음하여

김종철 시인이 우리 곁을 떠난 지 이제 6년이 되었다. 그럼에
도 그가 여전히 우리 곁에 있다는 느낌을, 우리와 함께 호흡
하고 있다는 느낌을 떨칠 수 없다. 이는 우리 곁에 그의 시가
있기 때문이다. 김종철 시인은 우리네 평범한 사람들이 삶을
살아가는 동안 마주해야 하는 아픔과 슬픔을, 기쁨과 즐거움
을, 부끄러움과 깨달음을 특유의 따뜻하고 살아 있는 시어로
노래함으로써 시의 본질을 구현한 시인으로, 우리 곁을 떠났
지만 그는 시를 통해 여전히 우리 곁에 머물러 있는 것이다.

　하지만 그가 우리 곁을 떠났다는 엄연한 사실을 어찌 끝까
지 외면할 수 있으랴. 이를 외면할 수 없기에 그와 가깝게 지
내던 몇몇 사람이 모여 '김종철 시인 기념 사업회'를 결성했

고, 시인의 살아생전 창작 활동과 관련하여 나름의 정리 작업을 시도하자는 데 뜻을 모은 것이 오래전이다. 네 해 전에 가족의 도움을 받아 이숭원 교수가 주관하여 출간한 『김종철 시 전집』(문학수첩, 2016)은 그와 같은 작업의 결실 가운데 하나다.

김종철 시인 기념 사업회는 여기서 그치지 않고 시인의 작품 세계에 대한 이제까지의 논의를 정리하는 작업과 함께 새로운 논의를 촉진하기 위한 시도를 병행하기로 뜻을 모았다. 그러한 작업의 일환으로 우선 이제까지 이어져 온 김종철 시인의 작품 세계에 대한 논의를 정리하여 매년 한 권씩 소책자 형태로 발간하기로 했다. 그리고 그런 작업의 첫 결실로 앞세우고자 하는 것이 김종철 시인과 둘도 없는 친구 사이였던 김재홍 교수의 김종철 시인 작품론 모음집인 『못의 사제, 김종철 시인』이다.

김종철 시인의 작품 세계 발간 작업은 매년 시인의 기일에 맞춰 한 권씩 발간하는 형태로 진행될 것이다. 가능하면 발간 사업의 첫 작품인 김재홍 교수의 평론집과 같이 논자별로 논의를 모으는 형태로 이루어질 것이며, 필요에 따라 여러 논객의 글을 하나로 묶는 형태로도 진행될 것이다. 아울러, 새로운 비평적 안목을 통해 새롭게 시인의 작품을 읽고 평하는 작업을 장려하는 일에도 최선을 다할 것이며, 이 같은 일이 결실을 맺을 때마다 이번에 시작하는 시리즈 발간 작업을 통해 선보이고자 한다.

　많은 분들의 애정 어린 관심과 질책과 지도를 온 마음으로 기대한다.

2020년 5월 말 그 하루 무덥던 날에
김종철 기념 사업회의 이름으로
장경렬 씀

풍운의 삶과 운명의 시

파란만장한 시대 속에서 유다른 삶의 행적을 보여 주었던 김
종철 시인이, 홀연히 우리 곁을 떠나간 지도 벌써 9년의 세
월이 지났다. 그 9년은 참으로 많은 안타까움과 상실감의 시
기였다. 이 땅에서 시인으로 사는 동안, 그는 모두 여덟 권의
창작 시집을 남겼다. 그는 말년에 이 시들을 두고 '나 죽은 뒤
나로 살아갈 놈들'이란 언사를 사용했다. 그렇다. 시인은 가
도 시는 남아서, 그가 누구였는지 어떤 시인이었는지를 말
한다. 시뿐만이 아니다. 그의 삶과 시를 다시 살펴보는 동안,
나는 내가 가졌던 그와의 접촉점이 만만찮은 것이었음을 새
삼스럽게 깨달을 수 있었다.

내가 《문학수첩》 창간 편집위원으로 있을 때 김종철 · 김

재홍 두 분과 함께 일본 혼슈[本州] 남부를 여행한 적이 있다. 김종철 시인이 있는 자리는 언제나 잔칫집 마당처럼 풍성하고 즐거웠다. 그와 함께 제철에 맞춰 얼굴을 활짝 편 매화를 바라보던 일, 노천 온천에 나란히 놓인 욕통浴桶에 앉아서 먼바다를 바라보던 일이 지금도 엊그제 일인 양 눈에 선하다. 중국 상하이를 같이 간 적도 있다. 나는 그에게 조금 아는 중국어 자랑을 했던 것이 지금도 심히 부끄럽다. 언젠가《문학수첩》편집회의가 끝난 뒷자리에서 그는 내게 이런 말을 했다. "김 교수는 교수가 아니면 무엇을 했어도 성공했을 거요." 나는 지금도 그 말이 칭찬인지 비판인지 잘 분간이 가지 않는다.

이 같은 일화 몇 가지를 이 자리에 불러온 것은, 그의 시 전반에 관한 감상문이자 비평문을 쓰면서 시에 대한 분석보다 인간적 친밀감이 앞서는 것을 막을 수 없었기 때문이다. 『김종철 시전집』(문학수첩, 2016)을 통독하면서, 가슴 저 밑바닥에서 우러나오는 그리움을 진정하느라 가끔씩 고개를 들어 창밖을 내다봐야 했다. 그렇게 책 한 권의 형식을 갖춘 이 글은, 그의 시 전체에 관한 '주제론적 접근'의 형용을 하고 있다. 시에 대한 세밀한 탐색보다 그 시를 산출한 그의 '인간'을 말하고 싶었다. 이 지면을 빌려 간곡히 기구祈求한다. 그가 지금 있는 세상에서 편안하게 명복冥福을 누리기를, 한 시대의 풍운을 밟고 간 그의 삶 그리고 일생을 운명적으로 동반했던 그의 시가 우리에게도 위안이자 교훈이기를.

책의 제목을 '삶과 못과 시의 변주곡'으로 한 것은, 김종철이 보낸 시인으로서의 생애 가운데 가장 중요한 어휘 하나를 고르라면 주저 없이 '못'이라고 할 수 있는 까닭에서다. 어린 시절부터 노년의 원숙한 날에 이르기까지 그의 시가 변화하고 발전해 온 경로가 있으나, 이 '못'의 담론에 이르러서 그는 세상살이와 글쓰기의 문리文理가 트인 것으로 보인다. 못을 통해 그는 인생을 말하고 시를 말하고, 그 양자를 모두 동시대의 가치 있는 문화적 사건으로 이끌었다. 부제를 '김종철 시에 대한 주제론적 비평'이라고 한 것은, 그의 시에서 시인과 시적 화자가 밀착해 있다는 인식에 근거한다. 이 거리의 문제는 시의 근대적 기교 문제와 관련하여 새 논의를 필요로 하는 터이지만, 여기에서는 당초의 관점을 그대로 운용했음을 밝혀 둔다.

2023년 5월
김종회

목차

내가 만난 김종철 시인

아직 남은 세 가지 약속

'못의 사제司祭'라는 경칭敬稱으로 불렸던 김종철 시인. 「못에 관한 명상」 연작의 수발한 시인이었던 그가 유명幽明을 달리한 지도 벌써 9년의 세월이 지났다. 나는 그를 남해안 통영 바닷가 수국이라는 섬에서 처음 만났다. 그의 절친한 벗이자 나와 경희대 국문과에서 함께 근무하던 김재홍 교수의 여름 시인학교에서였다. 우리는 쉬는 손으로 모기를 쫓아가며 러닝셔츠 바람으로 소주잔을 기울였다. 그를 생각하면, 가장 먼저 그 바닷가의 후덥지근하던 여름과 그 더위에 아랑곳하지 않고 유쾌하던 주석酒席이 떠오른다.

그때는 그가 아직 〈해리 포터〉 시리즈 출간으로 낙양의 지가를 올리기 전이다. 그래서인지 훨씬 소탈하고 정겨운 기억으로 남아 있다. 『걸리버 여행기』(문학수첩, 2000) 완역판에 관한 애기를 길게 끌었던 것을 보면, 그가 오래도록 해외의 출판 동향과 그것의 국내 소통에 남다른 견식을 가졌던 것으로 여겨진다. 해리 포터의 성공은 어느 날 우연히 만난 길운이 아니었던 터이다. 설령 길 가다 발견한 보물이었다 할지라도, 그 원석을 다듬어 빛을 내고 전국적인 유통에 성공한 것은 온전히 그의 역량이다.

다시 그를 생각하면, 내가 아직 젊었던 시절의 늦은 밤, 강남 길거리의 포장마차에서 자정을 넘기며 함께 앉았던 장면이 떠오른다. 그때에 동행으로 시인이자 '갤러리 서림'의 관장인 김성옥 씨가 있었다. 우리는 이 삼각 구도를 유지하며 여러 차례 같은 그림을 그렸다. 그리고 어느 밤이었다. 못의 시인은 아직 대학교수가 되기 전의 궁핍한 내게서 택시비가 없다며 물경 2만 원의 거금을 빌려 갔다. 필자는 그가 거부巨富가 된 이후에도 그 차용금을 돌려받지 못했다. 언젠가 남산 '문학의집·서울'에서 그의 등단 40주년 축하 모임이 열렸을 때, 그 청중 앞에서 이 오랜 채무 관계에 대해 발설했더니 그를 포함한 많은 이들이 파안대소하며 즐거워한 적이 있다.

그 자리에서 내가 맡았던 회고의 말은 '대학교수 김종철'이었다. 내가 학과장으로 있을 때, 2년간 그를 시 창작 겸임 교수로 모셨던 까닭에서다. 거기서 또 한 가지를 더 폭로했다. 그가 발행인이었던 《문학수첩》의 창간 편집위원으로 있을 때, 김종철·김재홍 두 분과 함께 강남구 테헤란로 르네상스서울호텔의 스카이라운지를 갔었다. 값비싼 밸런타인 양주 한 병을 시켜 몇 모금 마시고는 내 명함을 달아 보관해 두었다. 다음에 가서 찾았더니 웬걸, 그동안 나, 본인이 와서 다 마시지 않았느냐는 답변이었다. 나와 이름 두 자가 같은 그 못의 시인이 내 이름으로 대신 마신 것이었다. 술의 임자 문제를 따지려는 게 아니라, 우리가 이름을 주고받을 만큼 친밀했다는 것이 나의 주장이었다. 그는 머리를 긁적이며 계면쩍어했다.

그가 내게 지키지 않고 간 약속이 또 있다. 앞으로 문학수첩 출판사에서 문화재단을 만들 예정이니, 그때는 꼭 좀 일을 맡아 도와 달라고 했다. 흔쾌히 그러마했다. 아직도 창창한 연륜에 그는 이 선한 계획을 시작도 하지 않은 채 세상의 명리를 훌훌 벗어던지고 하늘나라로 가 버렸다. 이제 어디 가서 그 2만 원을 징수할 것이며, 어디 가서 밸런타인의 부당한 소모를 항의할 것이며, 누구에게 문화재단이 어떻게 되었느냐고 질문할 것인지 알 수가 없다. 그 약속들을 지키지 않으면 그를 보낼 수가 없다. 그렇게 그는 여전히 내 마음 깊은

곳에 잔류하고 있는 터이다.

그와 함께한 계간지 《문학수첩》 시기에는 나도 참 젊은 청년이었다. 당초 문학의 영역을 넘어 문화적 현실과 현상을 많이 다루자는 뜻에서 '문학과 문화'를 제호로 하는 것이 어떠냐고 제안해 보았지만 그는 사뭇 완강했다. 출판사 '문학수첩'의 이름만큼, 계간지도 그 이름이어야 하며 그것은 그의 오랜 꿈이었다고 했다. 그 어투와 표정이 너무 진지하여 반박할 말을 잃었으며, 한 출판인으로서의 명운에 대한 결기를 보는 것 같아 숙연할 수밖에 없었다. 나는 그 편집위원으로서의 일을 꼭 2년간 수행했다.

그때 그 잡지에 기획 연재했던 원고가 '한국의 문화인물'이었다. 대중문화의 각 분야에서 한국에서 최고가 된 이들이 어떤 문화적 인식을 갖고 있었으며 그 구체적 세부가 어떠한가를 탐색해 보자는 난이었다. 나중에 필자로서 나는 이 특집의 글들을 모아 그의 출판사에서 『대중문화와 영웅신화』(문학수첩, 2010)라는 책을 묶었다. 거기에는 문명비평가 이어령, 만화가 이현세, 대중가수 조용필, 영화감독 임권택, 연극연출가 이윤택, 작가 이문열, 시인 류시화가 각기 항목의 주인공으로 실려 있다. 이 가운데 류시화에 대한 좌담만 《문학수첩》이 아닌 김재홍 교수의 《시와 시학》에 실린 것이었다. 이들 일곱 분의 문화인물들이, 어떻게 해서 자기 분야의 천장을 때릴 수 있었는가를 직접적인 대화를 통해 확인했던 터이다.

더불어 그 삶과 작품세계 그리고 시대적·사회적 가치에 대해 구명究明했던 것인데, 비록 낙양의 지가를 올리지는 못했지만 스테디셀러로 좋은 반향을 얻었다. 그 외에도 나는 그와의 인연으로 여러 권의 책을 얻었다. 그의 출판사에서 두 권의 평론집 『문화 통합의 시대와 문학』(문학수첩, 2004)과 『문학에서 세상을 만나다』(문학수첩, 2015)를 상재했고, 앞의 평론집으로 김환태평론문학상을 받았다. 그리고 이인직에서 김영하에 이르기까지 100명의 작가 및 작품을 연구한 『대표소설 100선 연구―한국현대문학 100년』 전 3권(문학수첩, 2006)으로 기독교문화대상을, 기독교 문학 연구서인 『문학으로 만나는 기독교 사상』(문학수첩, 2018)으로 창조문예문학상을 받았으니, 그는 물론 출판사와도 만만치 않은 인연을 쌓은 셈이다.

그의 말년에, 그가 한국시인협회 회장을 맡아 신문 지면에 이름이 등장하고, 시집 출간을 따라 시인으로서 이름이 여러 곳에서 거론될 때, 가끔 핸드폰으로 문자를 나누었다. 건강에 문제가 있는 것으로 알고 있었기에 늘 건강하시라는 것이

나의 말이었고, 고맙고 힘이 난다는 것이 그의 말이었다. 그러던 그가 자기 신앙의 반차班次를 좇아 작별 인사도 없이 홀연히 천국으로 가 버렸다. 그리고 벌써 9년의 세월이 흐르고 있다. 남은 사람들은 어떻게든 제각각의 모습으로 살아가겠으나, 한발 먼저 간 이와 좀 더 늦게 가는 이의 생애는, 광활한 우주의 눈으로 볼 때 미소한 차이에 불과할 것이다. 여기 애잔한 마음으로 그의 삶을 기억하는 자리에서 다시금 옷깃을 여미며 명복을 빈다.

젊은 날의 거칠고 황량한 내면 풍경

김종철은 1968년 《한국일보》 신춘문예에 시 「재봉」이 당선됨으로써 문단에 나왔다. 그로부터 8년간 자신의 초기 시를 수록한 첫 시집 『서울의 유서遺書』가 1975년 한림출판사에서 간행되었다. 이 시집에는 세상을 향해 첫 추수의 수확을 내놓은 시 40편이 실려 있다. 시집의 「자서」에서 시인은 "세상에 바람을 쐬러 나와서 이제 비로소 당신들에게 한 인간으로서 질문을 할 수 있게 되었다"고 말문을 연다. 그리고 그는 이러한 '질문'이 자기를 극복해 가는 힘이 되었다고 고백한다. 동시에 이 시집이 자신의 생애에서 '영구히' 남으리라는 기대는 갖지 않는다고 했다. 맞는 말이다. 첫 시집의 세계가 내내 그대로 머물지 않을 것임과 그 첫 시집이 장차 시인의 긴 여로

에 있어 작은 출발점에 지나지 않을 것이기에 그렇다. 그의
나이 28세 때의 일이다.

> 그날
> 젊은이들은 모두 떠났다
> 조국으로부터 어머니로부터 운명으로부터
> 모두 떠났다
> 젊은이들의 믿음과 낯선 죽음과
> 부산 삼부두를 실은 업셔호의 전함
> 수천의 빗방울이 바다를 일으켜 세우고
> 어머니는 나를 찾아 헤매었다
> 갑판에 몰린 전우들 속의 막내를 찾아 하나씩하나씩
> 다시 또다시 셈하며 울고 있었다
> 어머니가 늙어 보인 것은 그때가 처음이었다
>
> ―「죽음의 둔주곡―나는 베트남에 가서 인간의 신음 소리를 더 똑똑히 들었다」 3곡

김종철의 첫 시집 『서울의 유서』는 베트남 파병과 전쟁 체
험 시편으로 시작된다. '죽음의 둔주곡'이라는 제하題下의 개
문開門에 해당하는 시는 '나는 베트남에 가서 인간의 신음 소
리를 더 똑똑히 들었다'라는 부제를 달고 있다. 인용의 시는

'1곡'에서 '9곡'까지 소제목을 붙인 가운데 '3곡'의 문면文面이다. 서두에 "젊은이들은 모두 떠났다"는 모든 젊은이가 떠났다는 말이 아니라, 떠난 젊은이들이 모든 것으로부터 절연되었다는 뜻이다. 그 이별의 어귀에 당연히 어머니가 있다. 시인의 어린 밤마다 눈물짓던 어머니다. 그렇게 먼 나라의 전장으로 떠난 슬픔과 아픔을 시로 풀어낼 수 있었으니, 그는 일반적인 '참전 용사'보다 행복한 사람이다. 어쩌면 시가 그를 지탱한 힘인지도 모른다.

꿈속에서도
나는 위생병이었어요.
내 품에서 실려 나간 사내들의 죽음이
돌아오고 다시 돌아오고……
생전의 사내들이 문을 잠그고
지키는 것은 사랑과 믿음뿐이었다는 것도,
오늘 나는 늦은 종로를 걷다가
캄란 만에 냉동되어 있는 그 사내를
여럿 만났어요.
서울의 극심한 언어의 공황과 매연이
사내들이 안고 온 들판을 시들게 하고

사내들은 자주자주 길을 잃어요.

오오, 아들의 비보를 들은 아홉 명의 어머니들은

밤새도록 마디 굵은 안케 계곡을 끌어 올리고

매일 밤 몰래 몇 사내들이

난공의 곡괭이를 들고 무너진 폐갱 속으로 내려가고 있어요.

—「닥터 밀러에게」 전문

시인은 꿈속에서도 "위생병"이다. 월남전에서 그의 보직
은 실제로 위생병이었다. 그러기에 직접적인 전투보다는 직
접적으로 죽음의 순간과 마주하는 경우가 더 많았을 것이
다. 죽음보다 인간의 실존적인 문제를 더 적나라하게 드러내
는 상황이 있을까. 전장에 나간 군인, 항차 그가 시인의 길을
간다면 이는 그야말로 '국가불행 시인행國家不幸 詩人幸'의 형국
이다. 여기서 시적 감각의 안테나를 세우고 있었다면, "아들
의 비보를 들은 아홉 명의 어머니"들을 놓칠 리 없다(「닥터 밀
러에게」). 이렇게 이 시집 문전門前의 시 세 편은 베트남이라는
공간 환경 속에서 장차 김종철 시 세계의 개화開化가 그다지
감미롭거나 평탄하지 않을 것임을 예고한다.

어머니 나는 큰 산을 마주하면 옛날 당신을 안고 쓰러진 죽은 산

과 마주하고 싶어요 그날 어린 잠의 살점까지 **빼앗아** 달아난 이 땅의 슬픔을 어머니는 어디까지 쫓아갔나 알고 있어요 굵은 비가 뒤뜰 대나무 숲을 후둑후둑 덮어 버릴 때 나는 가슴이 뛰어 어머니 품에 매달렸어요

대나무의 작은 속잎까지 우수수 어머니 앞섶에서 떨리는 것을 보았어요 잇따라 따발총 소리가 숭숭 큰 산을 뚫고 어머니의 공동空洞에 와 박혔어요 해가 지면 마을 사람은 발자국을 지우고 땅에서 울부짖는 사신死神의 꿈틀거리는 소리에 선잠을 이루었지요

어머니, 아무도 이 마을의 피를 덮지 못하는 까닭을 말해 주어요 유년의 책갈피에 끼워 둔 몇 닢의 댓잎사귀에 아직 그날의 빗방울이 후둑후둑 맺혀 있어요

—「죽은 산에 관한 산문」 부분

베트남 시편의 뒤를 이어 이 시집을 점유하고 있는 시 세 편은 시인이 그리는 어머니의 이야기다. 그 어머니는 유년 시절의 기억에서부터 시인의 전 생애를 지배하는 하나의 모티프Motif다. 비유와 상징 그리고 축약을 통해 만나는 시인의 어머니인 까닭으로 시적 화자가 발화하는 그 옛날의 엄중한 사연을 밝히 이해할 길은 없다. 그러나 시인은 어머니의 객

관적 현실에 관한 관찰을 매우 적확하게 언표言表해 보인다. 그리고 질문한다. "아무도 이 마을의 피를 덮지 못하는 까닭"을 말해 달라고 채근한다(「죽은 산에 관한 산문」). 이렇게 되면 이 어머니는 그냥 추억 속의 모성母性으로 머물지 않는다. 아직 젊은 청년 시인은 어머니를 통해 무엇인가 우리 삶의 비극을 읽어 내려는 노력을 공여한다. 아마도 우리는 그의 시집을 지속적으로 읽어 나가는 동안 그 답변을 발견할 수 있을지도 모른다.

서울은 폐를 앓고 있다
도착증의 언어들은
곳곳에서 서울의 구강을 물들이고
완성되지 못한 소시민의
벌판들이 시름시름 앓아누웠다
눈물과 비탄의 금속성들은
더욱 두꺼워 가고
병든 시간의 잎들 위에
가난한 집들이 서고 허물어지고
오오, 집집마다 믿음의 우물물은
바짝바짝 메마르고

우리는 죽음의 열쇠를 지니고 다녔다

날마다 죽어서 다시 살아나는

양심의 밑둥을 찍어 넘기고

헐벗은 꿈의 알맹이와

기도의 낟알을 고르며

밤마다 생명수를 조금씩 길어 올렸다

절망의 삽과 곡괭이에 묻힌

우리들의 시대정신의 피

몇 장의 지폐로 바뀐 소시민의 운명들은

탄식의 밤을 너무나 많이 실어 왔다

—「서울의 유서」부분

베트남 그리고 어머니라는 징검다리를 건너고 나면, 거기
서울 흑석동에서 보낸 김종철의 청년 시절을 만나게 된다.
흑석동에서 내려다보이는 "우리의 한강"은 "빈 술잔 속의 눈
물"만 받아들이는 고단한 삶의 부표浮漂처럼 떠돈다(「우리의 한
강」). 그러기에 「서울의 유서」 서두를 열면서, 시인은 "서울은
폐를 앓고 있다"고 단언한다. 거기에는 두 가닥 의미의 줄기
가 있다. 절망의 삽과 곡괭이에 묻힌 "우리들의 시대정신의
피"가 있는가 하면, 탄식의 밤을 너무나 많이 실어 온 "몇 장

의 지폐로 바뀐 소시민의 운명들"이 있다(「서울의 유서」). 시인은 매우 조숙하게 시대 현실의 정치적인 운명과 계층 갈등의 경제적인 문제를 함께 내다본다. 이 시집에서 여덟 편에서 아홉 편의 시가 이러한 경향을 가졌다.

언어 학교에서 내가 맨처음 배운 것은 바다였습니다. 바다의 얼굴을 몇 번이나 그리고 지우고 하는 동안 문득 30년을 이른 나만 남게 되었습니다.

간밤에는 벗겨도 벗겨도 벗겨지는 언어의 껍질뿐인 미완성의 바다 하나가 가출을 하였습니다. 서울 생활 10년 만에 나는 눈물을 감출 줄 아는 젊은 아내를 얻고 19공탄을 갈아 끼우는 '아파트'의 소시민으로 날마다 만나는 광고 문귀 틈 속으로 드나들며 살고 있습니다. 가로수 허리마다 꽁꽁 동여맨 겨울 짚들이 이제는 나의 하반신에도 꽁꽁 감겨져 있습니다. 밤마다 이촌동의 한강 하류에 몰리는 서울의 침묵이 다시 당신들의 언어로 되돌아갈 때까지 바다의 얼굴을 몇 번이나 고쳐 지우며, 또 몇십 년 후의 별것 아닌 우리의 현실을 아내와 함께 기다릴 것입니다.

—「아내와 함께」 전문

세월이 가면 세상도 바뀌고 그 세상을 사는 사람들의 생각도 바뀐다. 청년 시절의 시인이 어느덧 한 사회인으로 성숙해 가는 증표들이 이 시집에 등장하기 시작한다. 「딸에게 주는 가을」이나 「아내와 함께」 같은 시편들, 곧 가족에 대한 곡진曲盡한 마음의 경사傾斜를 그린 시들이 그렇다. 그런데 놀라운 것은 「딸에게 주는 가을」에서 "네 아비가 마시는 한 잔의 소주와 함께 / 어떻게 해서 붉은 눈물과 함께 투석이 되는가를 알리라"와 같은 구절이다. 또 있다. 「아내와 함께」에서 "몇십 년 후의 별것 아닌 우리의 현실을 아내와 함께 기다릴 것입니다"라는 구절도 그렇다. 그의 삶 전반을 주의 깊게 살펴보면, 시인 자신도 모르는 예지력이 불현듯 발양된 게 아닌가 하는 생각이 떠오르는 것이다. 이 시들에 잇대어 져 있는 다음 시들 또한 만남과 떠남 등 인간사의 내밀한 인연들을 시의 표면으로 밀어 올리는 모습을 보인다.

사시사철 눈 오는 겨울의 은은한 베틀 소리가 들리는
아내의 나라에는
집집마다 아직 태어나지 않은 마을의 하늘과 아이들이
쉬고 있다
마른 가지의 난동暖冬의 빨간 열매가 수실로 뜨이는
눈 나린 이 겨울날

나무들은 신의 아내들이 짠 은빛의 털옷을 입고

저마다 깊은 내부의 겨울 바다로 한없이 잦아들고

아내가 뜨는 바늘귀의 고요의 가봉假縫,

털실을 잣는 아내의 손은

천사에게 주문받은 아이들의 전 생애의 옷을 짜고 있다

설레이는 신의 겨울,

그 길고 먼 복도를 지내 나와

사시사철 눈 오는 겨울의 은은한 베틀 소리가 들리는

아내의 나라,

아내가 소요하는 회잉懷孕의 고요 안에

아직 풀지 않은 올의 하늘을 안고

눈부신 장미의 아이들이 노래하고 있다

아직 우리가 눈뜨지 않고 지내며

어머니의 나라에서 누워 듣던 우레가

지금 새로 우리를 설레게 하고 있다

눈이 와서 나무들마저 의식儀式의 옷을 입고

축복받는 날

아이들이 지껄이는 미래 낱말들이

살아서 부활하는 직조織造의 방에 누워

내 동상凍傷의 귀는 영원한 꿈의 재단,

이 겨울날 조요로운 아내의 재봉 일을 엿듣고 있다

—「재봉」 전문

1968년 시인 김종철의 이름을 문단에 알린 《한국일보》 신
춘문예 당선작이다. 약관 21세. 그 전해부터 본격적으로 시
를 써 왔으나 문인의 출발을 알린 것은 이 시로부터다. 이 주
목할 만한 시는 '베틀'과 '아내'라는 주제어로 시작하여, 신화
적 상상력과 유미주의 경향의 언어를 조합함으로써 산뜻하
고 수미상관한 한 편의 작품을 이룬다. 그 나이를 짐작하여
이르자면 말과 글을 다루는 실력이 만만치 않으며, 많이 써
본 솜씨이기도 하다. 이 시는 "눈 나린 이 겨울날"의 풍경을
지금의 환경으로 차용하되, 계속해서 그 너머에 펼쳐지는 내
일의 사정을 그린다. 당연히 그로서는 "조요로운 아내의 재
봉 일"이 현실에서의 일이 아니라 상상 속에서 전개되는 일
이다(「재봉」). 그리고 그것은 시인으로서의 특권을 누리는 일
이다. 그는 실제의 아내 진주 강씨 봉자妻奉子 여사와는 1975
년 1월에 결혼한다.

한 무리의 미친개 떼들이
나의 일상의 사나운 공허를 물어뜯고 있다.

할퀸 어둠 속에

늙은 사자死者들의 골격이 드러나고

뚫어진 깊은 공동이 확대되어 가고 있다.

나의 대뇌 구석구석에 박혀 있는

몇 개의 생활적인 미신과

십자가 위에서의 마지막 일곱 마디 말이

기어 나와 골절되어 뒹굴고.

창고에서 부엌에서 서랍에서 책갈피 안에서

빈곤한 우리 집의 먼지 낀 내막內幕이

야맹증에 걸려 있다.

매일 되풀이되는 사물의 이름 위에

메마른 경험의 사막은 차오르고

불면의 눈썹에

짙은 별이 떨어지고

발가벗겨진 나무들 사이에

거칠은 우기가 오래 거닐고 있다.

一「나의 암」 부분

『서울의 유서』에서 「재봉」 이후에 실려 있는 김종철의 시
들은 모두 20대의 젊은 날을 가로지르는 외로움과 아픔, 불

안과 울분 등의 감성을 탐미적 시어로 변용하여 드러낸다. 「겨울 포에지」, 「겨울 변신기」, 「실어증」, 「밤의 핵」 같은 시의 제목들부터 그와 같은 성향을 암시하고 있다. 그렇게 보면 이 시기에 있어 시는, 그의 불안정한 자아를 붙들어 준 구제의 표식이었는지도 모른다. 오죽하면 인용의 시에서 "한 무리의 미친개 떼들이 / 나의 일상의 사나운 공허를 물어뜯고 있다"라고 썼을까. 시인은 "거칠은 우기가 오래 거닐고 있다"고 느낀다(「나의 암」). 이 거칠고 황량한 내면적 방황은 그 시기가 지나야만 치유의 맥락을 찾는 병이다. 그는 자신의 이와 같은 병증病症을 「처녀 출항」에서 보다 구체적으로 진술한다.

그날 밤

25세의 고용 수부인 나는

길 잘 든 등피燈皮를 닦아 들고

조타실의 상황을 몇 번인가 익히고

늘 바지 단추 구멍마다 착실히 끼워 두었던

네 개의 순결을 확신하고

그 여자의 묘령의 슈미즈를

처음으로 벗겼다

깨어 있지 않은 온전한 바다 하나가

나의 등 뒤에 돌아누웠다

깊어 있는 의식의 중절中絶에

소금기가 서걱이는 그 여자의 밤이

바다의 흰 뼈를 드러내고 거슬러 올랐다

나는 완강한 침묵이었다

선잠 깬 바다의 사나이들은

간혹 마른기침을 하기도 하고

파도의 흰 손톱이 돋아나 있는

젖은 언어의 모랫벌 위에

유년의 동정을

서너 가마니씩 운반하였다

그 여자가 갖는 항해 표지마다

캄캄한 모음의 바다가 하나씩 음각되었다

조심스러운 항해 일지에

발가벗은 어휘들의 피가

흘러내리었고

오오, 나는 헤매었다

그 여자의 돌아누운 해도 위에

덧난 시간이 그 여자의 허리를 안고 뒤척이었다

그날 바다는

고장 난 나침반을 안고 깊이 가라앉았다

—「처녀 출항」 전문

시인은 자신을 "25세의 고용 수부"로 치환한다. 그가 "길 잘 든 등피鐙皮"와 "조타실의 상황"을 다룰 때는 얼핏 객관적 현실의 바탕을 유추하게 한다. 그러나 "네 개의 순결"과 "묘령의 슈미즈"로 넘어가면, 사실적인 방식의 시 읽기로는 그의 시를 따라잡지 못한다는 것을 깨닫게 된다. 그러다 보니 "조심스러운 항해 일지"에 "발가벗은 어휘들의 피"가 흘러내린다. 마침내 바다는 "고장 난 나침반"을 안고 깊이 가라앉는다. 이러한 시적 경도傾倒는 「바다 변주곡」에서 "사나이들의 꿈은 잠들지 못한다"에 이르고, 「타종」에서는 "탑종은 이미 그의 것이 아니었다"라는 결과를 초래한다. 처음 시작이 이러한 터이니 향후의 인생 고비를 넘으면서 그의 시가 가야 할 길 또한 멀고 험하리라는 예견을 불러오게 한다.

불혹 고개에 이르는 삶과 시의 면모

김종철의 두 번째 시집 『오이도烏耳島』가 간행된 것은 1984년 문학세계사에서였다. 첫 시집 『서울의 유서』로부터 9년의 상거相距가 있고, 시인의 나이 37세가 되던 해다. 문학세계사는 그의 가형家兄 김종해 시인이 운영하는 출판사다. 이 시집에는 모두 32편의 시가 수록되어 있다. 3부로 나뉘어 있는 이 시집에는 「떠도는 섬」과 같은 장시長詩의 시도를 볼 수 있고, 연작시의 시작을 대할 수 있으며, 사회적 계기에 따른 기념시의 창작을 만날 수도 있다. 시인의 삶과 시 세계가 한결 다양하고 풍요로워졌다는 증좌다. 시인은 「독자를 위하여」에서 오이도를 두고 "외롭고 추운 마음을 안고 한 번씩 자신으로부터 외출을 하고 싶을 때 찾아가는 섬이다"라고 술회했다.

죽어 있는 바다와 살아 있는 바다

오오, 버림받은 자는 그의 눈물의 짐을

타락한 자는 그의 절망의 닻을

내려놓는 이 섬에

한 낯선 배가 새벽안개를 거두며

이 섬이 깨어날 시각에 당도하더라

한 낯선 배는 그대들에게

벌거벗은 땅과 그 슬픔을 보여 주러 왔더라

언젠가 기다렸던 그 배를 꿈꾸며

이 섬의 사람들은 모두 모여

잔 파도를 가슴속에 하나씩 풀어 놓더라

한번 밀리고 또 한번 쉽게 건너뛰는

오, 상처 받아 우는 작은 바다여

그대들이 읽은 몇 장의 책갈피 속에

버림받고 타락한 자의 꿈을 덮어 두더라

그대들이 매일 버리려고 떠난 바다에

새로와지지 못하는 내일과 소금 하나가

눈물 한 장과 함께 남아 떠돌고 있더라

죽어 있는 바다들만 떠도는 이 섬에

어느 굽이에 어느 모래들이

몰래몰래 그대들의 발밑에 쌓여 가고 있더라

—「떠도는 섬」 부분

　　제2시집 1부의 첫머리를 장식하는 「떠도는 섬」은 매우 긴 장시다. 모두 열한 개의 단락으로 되어 있는 이 시는 바다와 섬, 낯선 배와 섬의 사람들, 허영과 욕망과 눈물, 그 배면에 잠복해 있는 기독교 신앙 등의 여러 절목을 풍성하고 유장悠長하게 풀어놓은 말의 성찬盛饌이다. 사람들의 삶과 그 수많은 형용을 섬이라는 존재의 형식으로 띄워 올린 바다는, 무한한 상상력을 생산하는 근원의 힘을 상징한다. 그런데 시인은 유달리 이 바다를 "죽어 있는 바다"와 "살아 있는 바다"로 양분하여 관찰한다. 그렇게 불혹을 앞둔 연령에 도달할 때까지 자신이 경험해 온 세계를 구분하고 분할하여 바라보겠다는 의지의 표명이다. 하기야 그에게는 이 시의 표현보다 더 '할 말'이 많을 것이다.

　　바다는 '큰 물'로만 존재하는 것이 아니다. 시인은 매우 신중하게 "하루씩 쌓여 가는 / 저 모래갓의 과거의 마을"을 주시한다. 거기에는 아직도 "우리 중의 하나"가 살고 있으며, "우리 중의 바보"를 가늠하게 한다. 아직 시인은 그가 가진 종교의 함의를 직접적으로 드러내지는 않지만, 이 지점에서

부터 그 신심信心의 일단을 시의 문맥 속에서 보여주기 시작
한다. "그 밤 그 시간의 상처를 씻겨 준 교회"가 몰래 하나씩
더 늘어난다는 것이다. 그 가운데 '우리'의 삶은 뿌리 없이,
때로는 정처 없이 부유浮遊한다. 시인은 "해 뜨는 곳에서 해
지는 곳까지" 늘 떠나고 옮겨 가며 살아왔다고 말한다. 그런
점에서 바다 가운데 있는 섬은 그 삶의 지향점일 수도 있다.
시인은 "이 섬이 그대 마음속에 없다면 어찌 목마름을 알 것
인가"라고 반문한다(『떠도는 섬』).

  그런데 마냥 그렇게 실의와 탄식에 잠겨 하늘과 바다와 섬
과 뭍을 우울하게 바라본다면, 그는 시인이 아니다. 시인이
가진 예민한 촉수와 삶의 배면을 통찰하는 눈은 어디에서나
새로운 소망의 언어를 이끌어 낸다. 이 장시의 일곱 번째 단
락에서 시인은 이렇게 선언한다. "너희 세상 사람들아 / 때가
되면 너희를 거두어 가는 / 또 다른 바람과 햇빛과 물이 / 너
희를 바람으로 물로 햇빛으로 인도하리라." 그런가 하면 마
지막 열한 번째 단락에서는 이러한 언사를 내놓는다. "오, 상
처 받아 우는 그대 작은 바다여 / 슬퍼하지 말지어다 / 이제
바람이 불고 또 바람이 불면 / 죽어 있는 바다와 살아 있는
바다가 / 나란히 함께 길을 떠나리라." 불혹의 연치年齒를 눈
앞에 둔 시인의 자기 성찰과 절실한 삶의 뒤끝에서 깨우친 심

득(心得)의 언어들이 이렇게 이 길게 쓰인 시를 채우고 있다.

　　바람에 날아다니는 바다를 본 적이 있으신지

　　낡은 그물코 한 올로 몸 가린 섬을 본 적이 있으신지

　　이 섬에 가려면 황톳길 삼십 리 지나 한 달에 한두 번 달리는
바깥세상의 철길을 뛰어넘고 다시 소금밭 둑길 따라 나문재 듬성
듬성 박혀 있는 시오 리를 지나면 갯마을의 고샅이 보일 겁니다

　　이 섬으로 가려면 바다를 찾지 마셔요 물 없이 떠도는 섬, 같
은 바다에 두 번 다시 발을 담그지 않는 섬, 아무도 이 섬을 보지
못하고 돌아온 것은 당신이 찾는 바다 때문입니다

　　당신의 삶이 자맥질한 썩은 눈물과 토사는 이 섬을 서쪽으로
서쪽으로 더 멀리 떨어뜨려 놓을 겁니다

　　십 톤짜리 멍텅구리배 같은 이 섬을 만나려면,

　　당신 몫의 섬을 만나려면,

　　당신은 몇 번이든 길을 되풀이해서 떠나셔요

　　당신만의 일박一泊의 황톳길과 바깥세상의 철길을 뛰어넘고
다시 소금밭 시오 리를 지나……

—「섬에 가려면—오이도 1」 전문

장시 「떠도는 섬」에 이어 이 시집에는 「오이도」 연작 일

38

곱 편이 실려 있다. 인용의 시는 그 가운데 첫 편이다. 시인의 상상력은 한결 자유로워져서 "바람에 날아다니는 바다"와 "낡은 그물코 한 올로 몸 가린 섬"을 자유로이 호출한다. 그 바다와 섬의 원경遠景을 지나 삶의 현장인 '갯마을 고샅'에 이르는 시인의 눈은, 미처 다 토설吐說하지 않은 더 많은 것을 보고 있다. 그러기에 "아무도 이 섬을 보지 못하고 돌아온 것은 당신이 찾는 바다 때문입니다"라는 서술이 가능해진다(「섬에 가려면」). 「오이도」 연작시 가운데는 「박군─오이도 2」처럼 삶과 죽음, 더욱이 생명의 경각頃刻이 일상이 되는 바다에서의 죽음을 우화적으로 다룬 특출한 시도 있다. 시인은 오이도 바닷가에서 많은 것을 건졌다.

내 고향 한 늙은 미루나무를 만나거든
나도 사랑을 보았으므로
그대처럼 하루하루 몸이 벗겨져 나가
삶을 얻지 못하는 병을 앓고 있다고 일러 주오

내 고향 잠들지 못하는 철새를 만나거든
나도 날마다 해 뜨는 곳에서
해 지는 곳으로 집을 옮겨 지으며

눈물 감추는 법을 알게 되었다고 일러 주오

내 고향 저녁 바다 안고 돌아오는 뱃사람을 만나거든
내가 낳은 자식에게도 바다로 가는 길과
썰물로 드러나 갯벌의 비애를 가르치리라고 일러 주오

내 고향 홀로 집 지키는 어미를 만나거든
밤마다 꿈속 수백 리 걸어 당신의 잦은 기침과
헛손질로 자주자주 손가락을 찔리는 한 올의 바느질을 밟고
울며 울며 되돌아온다고 일러 주오

내 고향 유년의 하느님을 만나거든
기도하는 법마저 잊어버리고
철근으로 이어진 도시의 언어와 한 잔의 쓴 술로
세상을 용케 참아 온 이 젊음을
용서하여 주라고 일러 주오

내 고향 떠도는 낯선 죽음을 만나거든
나를 닮은 한 낯선 죽음을 만나거든
나의 땅에 죽은 것까지 다 내어놓고

물 없이 만나는 떠돌이 바다의 일박까지 다 내어놓고

이별 이별 이별의 힘까지 다 내어놓고

자주 길을 잃는 이 젊은 유랑의 슬픔을

잊지 말아 달라고 일러 주오

     —「해 뜨는 곳에서 해 지는 곳까지」 전문

    두 번째 시집 『오이도』의 2부 첫 편으로 수록된 시다. 이제까지 보아 오던 자의식 넘치던 시 세계에 비추어 보면, 사뭇 편안하고 부드러운 운율을 살려 내고 있으며 그 시적 의미의 개진에 있어서도 형식적 차원에서나 내용적 차원에서 모두 일정한 진보를 납득하게 한다. 이 시가 말하는 '고향'은 단순히 태어나고 자란 곳을 뜻하지 않는다. 시인은 고향이라는 이름을 빌려 자기 존재의 근원을 말하고 싶었고 또 그렇게 노래했다. 그런 연유로 고향에서 만나는 미루나무, 철새, 뱃사람, 어미, 하느님, 낯선 죽음에게 자신이 살아온 그 삶의 역사를 전언傳言으로 남기려 한다. 이 반복적인 청유請誘의 나열은, 기실 자기 정체성 전반에 대한 질문이요 답변이기도 하다.

    나는 간혹 내 몸에서 빠져나와 있는 나를 만날 때가 있습니다

나를 닮은 몸 하나가 한밤에 가만히 나를 데리고 갔다가 다시 데려오곤 했습니다

간밤에는 단양의 물속에서 건져 낸 수석 두어 점의 얼굴과 함께 길을 떠났습니다

두 점의 돌은 나의 두 딸의 모습으로 나란히 손을 잡고 잠 속에서도 해가 질 때까지 길을 걸었습니다

그러나 간밤에도 여느 날과 같이 너무 멀리 나가진 않고 일박으로 되돌아왔습니다

멈춘 길들이 집에 와 있었습니다

어린 두 딸은 몸 밖의 외출에 익숙지 않아 잠자리가 몹시 어지러워져 있었습니다

머리맡 장식장의 수석들은 그때까지 물소리를 털어 내지 못하고 단양의 물을 건너고 있었습니다

우리는 또 다른 꿈속에서 제각기 집으로 돌아가 눈썹을 달고 몸 바깥으로 나와 있습니다

잠에서 깨어난 두 딸은 꿈속에서 아빠를 보았다고 즐거워했습니다

나는 문득, 밖을 적시는 것이 비인 것을 알았습니다.

─「몸 1」 전문

『오이도』 2부에서는 시인의 가족, 곧 아내와 두 딸이 자주 등장한다. 가족을 응시하는 시인의 눈은 선량하다. 그것은 힘없는 선량이 아니라, 시인으로 하여금 시를 창작할 수 있도록 부양扶養하는 선량이다. 인용의 시는 「몸」 연작 세 편 가운데 첫 번째 시다. 시의 서두에 "나는 간혹 내 몸에서 빠져나와 있는 나를 만날 때가 있습니다"라는 문장이 놓여 있다. 자신의 실체를 두고 본래적 자아와 일상적 자아를 양분할 수 있는 기량은, 시인에게는 값없이 주어진 선물이다. 그것은 심층의 무의식을 발굴하여 이를 시의 또 다른 형상으로 진열할 수 있는 방략과도 같다. 그 자아 분열의 기법으로 시인이 선택한 혜택은 자신의 "어린 두 딸"이다(「몸 1」). 이 맑고 순후한 시심詩心은 시의 기법조차 부차적인 것으로 격하시킨다.

딸아, 이담에 크면
이 가을이 왜 바다 색깔로 깊어 가는가를 알리라.
한 잎의 가을이 왜 만 리 밖의 바다로 나가떨어지는가를 알리라.
네가 아끼는 한 마리 가견家犬의 가을, 돼지 저금통의 가을,
처음 써 본 네 이름자의 가을, 세상에서 네가 맞은 다섯 개의 가을이

우리 집의 바람개비가 되어 빙글빙글 돌고 있구나.

딸아, 밤마다 네가 꿈꾸는 토끼, 다람쥐, 사과, 솜사탕, 오뚝
이가

네 아비가 마시는 한잔의 소주와 함께 어떻게 해서 붉은 눈물
과 투석이 되는가를 알리라.

오오, 밤 열 시 반에서 열두 시 반경 사이에 문득 와 머문 단
식의 가을

딸아, 이날의 한 장의 가을이 우리를 싣고 또 만 리 밖으로 나
가고 있구나.

　―「딸에게 주는 가을」 전문

시인의 딸에 대한 사랑, 그 부정父情이 손에 잡힐 듯이 감각
되는 시다. 아직 어린 딸, 그러기에 "이담에 크면"이라는 전
제를 내세우고 있다. 시인은 그 미래에 딸이 배우고 익힐 세
상을 예언처럼 선포한다. "이 가을이 왜 바다 색깔로 깊어 가
는가를 알리라"는 것이다. 미래의 날에 얻게 될 그 지각知覺의
형상이 추상적일 수밖에 없는 것은, 그러해야만 온전히 예언
의 기능을 다 할 수 있기 때문이다. 시인은 "이날의 한 장의
가을이 우리를 싣고 또 만 리 밖으로 나가고 있구나"라고 쓴
다(「딸에게 주는 가을」). 딸에게 가을을 준다고 할 때 정작 손에

쥐여 주는 것은 없으나 어쩌면 자신의 존재 전체를 주는 것
인지도 모른다. 이 절박한 말들이 미진하여, 그는 「속續 딸에
게 주는 가을」을 썼다.

어둠이 잎사귀 뒤로 숨는다
잎사귀는 어둠이 된다

다시 잎사귀가 어둠 뒤로 숨는다
어둠은 잎사귀가 되지 못한다

잎사귀는 잎사귀대로
어둠은 어둠대로
서로서로 넘지 못한다

동구 밖 바람 하나가
뚝뚝 지고

우리가 붙드는 거친 들이
한 장의 잎에 업혀서 돌아온다
―「숨바꼭질」 전문

45

제2시집 『오이도』의 후반부에서 새롭게 발견되는 것은, 시인이 숨겨 두고 있었던 서정적인 감성이다. 그것은 인용의 시에서처럼 시의 소재 또는 그 펼침의 방식에서 확인되기도 하고, 또 다르게는 시인이 끊임없이 환기하는 가족 서사와 계절 및 자연의 경물景物에서 확인되기도 한다. 초기의 안개 자욱한 자의식의 세계에서 미처 추출하기 어려웠던 이 감성의 본질적 속성은, 미상불 그의 시를 추동해 온 근원적인 힘이었으며 앞으로 다양다기하게 부상浮上할 시의 행보를 견인하는 저력이 될 것이다. 이 시집의 말미에 시인은 사회적 계기에 붙인 기념 시 몇 편을 함께 묶어 두었다. 그렇게 시인은 자기 시대 그리고 불혹不惑에 이르는 생애의 고개를 넘고 있었다.

시 세계의 변화와 승급으로의 도정

김종철의 제3시집 『오늘이 그날이다』는 1990년 청하에서 나
왔다. 이 시집은 1부 '어린 왕자를 기다리며', 2부 '오늘이 그
날이다', 3부 '사람이 소로 보이는 마을에서' 등 3부로 구성되
어 있다. 1부에 20편, 2부에 17편, 3부에 27편으로 모두 64편
의 시가 실렸다. 언필칭 '못의 사제'로 불리는 그의 시 세계에
서 처음으로 못에 관한 시편들이 얼굴을 보이는 것이 이 시
집이다. 그런가 하면 시에 있어서 시간의 문제를 탐색하기도
하고 우화적寓話的 상상력을 동원하기도 한다. 이 시집은 유달
리 연작시가 많아서 세상을 바라보는 그의 관점이 한결 다층
적이고 복합적으로 변모해 가고 있음을 나타낸다.

그는 이 시집의 「자서」에서 그와 같은 심경의 일단을 밝혀

두고 있다. 이 글은 "우리는 공범적인 비극의 시대를 살아왔다"라는 문장으로 시작한다. 과잉한 자의식에 젖어 있던 젊은 날, 세파에 부대끼며 일어서기에 급급했던 중년의 초기를 지나 그의 생애도, 시적 이력도 장년기로 접어들고 있었다. 그러므로 시대 현실에 대한 인식이 보다 정돈되고 정제되는 것이 당연한 수순이다. 그가 처음으로 '역사'를 언급하는 것은 그와 같은 이유에서다. 그렇게 새로이 눈을 들고 보니 자신이 "이 시대의 공범자요, 가해자요, 피해자가 될 수밖에 없는 것이다". 시인은 비로소 "사람이 살지 않는 비극"은 내 것이 될 수 없음을 자각한다. 그래서 그는 이렇게 토로한다. "이제는 세상을 바라보는 눈이 조금씩 자리 잡힘이 보이고 시를 무겁지 않게 쓰는 법이 열렸다".

바오밥나무는 나쁜 나무라고 들었습니다.
게으름뱅이가 살고 있는 별 하나는
바오밥나무 세 그루에 몸이 묶여
쩔쩔매는 것을 우리는 보았습니다
아침마다 게을러 이불도 개지 않고
세수도 하는 둥 마는 둥
책가방을 찾다 보면 지각하기가 예사였습니다

그때 선생님이 회초리를 들고 계셨는데

어쩌면 그것이 바오밥나무일 거라고 생각했습니다

어린이들아, 바오밥나무를 조심하라!

우리는 그 경고를 무시했기 때문에

퉁퉁 부은 종아리를 가리기 위해

여름 내내 긴바지를 입고 다녔습니다

어른이 된 내 친구 몇은

사기, 협박 혹은 폭행 등으로

지금도 어두운 작은 방에 갇혀 있습니다

바오밥나무 세 그루가 그들의 별을

꽁꽁 묶어 두었습니다

―「어린 왕자를 기다리며 3」 전문

    이 시집의 서두에는 '어린 왕자를 기다리며'라는 제목을 단 시가 연작으로 다섯 편이 실려 있다. 익히 알다시피 생텍쥐페리Antoine de Saint Exupery의 『어린 왕자』는 상상이면서 현실이요 아이이면서 어른이며, 눈으로 볼 수 없고 실현 불가능한 것이면서 그 반대이기도 한 운명론적 존재다. 이 아이는 한 인간의 자아와 세계가 만나는 그 첫 접촉 지점이기도 하다. 어린 왕자가 두고 온 바오밥나무는 어느 결에 '우리' 삶의 영

역 안으로 진입해 있다. 어찌하여 모든 시인이 시작詩作 초입
에 만나는 이 관계성의 문법을, 그는 불혹을 몇 해 넘긴 나이
에 맞고 있을까. 그가 「자서」의 결미에 쓴 것처럼 "시를 여는
마음"이 따로 있다면, 그 자신과 그의 시는 새로운 각성의 단
계를 지나는 도정道程에 있었을 법하다.

　　못을 뽑습니다
　　휘어진 못을 뽑는 것은
　　여간 어렵지 않습니다
　　못이 뽑혀져 나온 자리는
　　여간 흉하지 않습니다
　　오늘도 성당에서
　　아내와 함께 고백성사를 하였습니다
　　못 자국이 유난히 많은 남편의 가슴을
　　아내는 못 본 체하였습니다
　　나는 더욱 부끄러웠습니다
　　아직도 뽑아내지 않은 못 하나가
　　정말 어쩔 수 없이 숨겨 둔 못대가리 하나가
　　쏘옥 고개를 내밀었기 때문입니다

　　—「못에 대하여 1」 전문

드디어! 김종철의 못 시편의 개막을 알리는 작품이 얼굴을 내밀었다. 그가 수많은 분량의 못 이야기를 수많은 분량의 시로 썼지만, 이 첫 작품만큼 감동적인 성취를 얻기는 어려웠을 것 같다. 시인이 말하는 "휘어진 못"이나 "못이 뽑혀져 나온 자리"는 누구나 자신의 가슴속에 숨겨 두고 있는 인생사의 함의를 유추하게 한다. 그런데 정말 압권인 장면은 "못 자국이 유난히 많은 남편의 가슴"을 아내는 못 본 체하지만 거기 아직 숨겨 둔 "못대가리 하나"가 쏘옥 고개를 내민다는 상황 설정이다(「못에 대하여 1」). 두말을 필요로 하지 않을 만큼 적확하고 그러기에 쉽사리 공감을 불러오는 표현이다. 이 감응력과 그 박진감으로, 김종철의 못 시편은 한 시대를 풍미하게 된다.

1

'사람' 글로 쓰고 읽어 봅니다
사람이 보이지 않습니다
'풀잎'하고 소리 내어 읽어 보면
초록색과 얼굴까지 보입니다

그것은 내가

사람이기 때문입니다

　2

풀잎은 풀잎을

사람은 사람을

서로 부르고 찾습니다

저것들은 시도 때도 없이

서로 찾아 헤매입니다

풀잎은 풀잎에게

풀잎의 내가 대답하고

사람은 사람인 내가 대답하고

나의 밖에서는

나 아닌 것이 없습니다

　─「시법」 전문

　이 시집의 「자서」에서 "시를 무겁지 않게 쓰는 법"이 열렸다고 한 것은 시인 자신이다. 그가 스스로 찾아낸 시법詩法을 공개한 시다. 일찍이 「시법(Ars poetica)」이란 시를 써서 널리

알려진 이는 하버드대 교수를 역임한 매클리시^{Archibald MacLeish}라는 시인이다. 그는 이 시에서 시는 추상적이고 현학적인 것이 아니라 구체적인 것, 보고 만지고 냄새 맡을 수 있는 것이어야 한다고 했다. 김종철의 시법은 이 앞선 시인의 시 창작 방정식과 크게 다르지 않으나, '사람'과 '풀잎'을 대비하고 견주어 보면서 시 창작 주체에 대한 논의를 펼쳐 보인다. 이 대비의 구도에 유용한 자료로 소환된 풀잎은 얼핏 휘트먼 ^{Walter Whitman}의 「풀잎(Leaves of Grass)」을 연상하게 하지만, 김종철은 자기 시의 변화와 진도에 대한 이정표로 이 시를 썼다.

그렇다, 오늘이 그날이다
우리가 태어나고 죽고 슬퍼하고
눈물짓는 그날이다
사랑하고 기도하고 축복받는 그날이다
오늘이 어저께의 어깨를 뛰어넘고
내일의 문 앞에 당도했을 때
우리는 꿈만 꾸었었다
오늘이 그날임을 알지 못했다

나를 거둬 가는 그날인 줄을

내 낟알을 털어 골라 두는 그날인 줄을

나를 넣고 물을 부어 밥솥에 끓이는 그날인 줄을

나를 숟가락으로 떠먹으며 씹는

그날인 줄을 알지 못했다

그리하여 어떤 이는 소리 내어 울고

어떤 이는 술 마시며 욕질하고

어떤 이는 무릎 꿇고 연도하는 그날인 줄을

언제 우리가 오늘 이외의 다른 날을 살았더냐

어째서 없는 내일을 보려 하였더냐

어제는 오늘의 껍질이요 오늘은 오늘의 오늘이다

모든 것이 오늘 함께

팔짱 끼고 가는 것이 보이지 않느냐

오늘이 그날이다

　—「오늘이 그날이다 1」 전문

　「시법」 이후 「오늘이 그날이다」 연작 사이에는, 시인이 새
로 시작한 컴퓨터와의 대면이나 시간에 관한 개념적이고 관
념적인 시적 진술들이 있다. "오늘이 그날이다"라는 제목 또
한 시간의 흐름 속에 명멸하는, 그 오늘을 검색하는 시의 발

화에 해당한다. 오늘은 어제와 내일의 가운데 위치해 있으나, 그 당연한 순차적 배열 가운데서도 "오늘이 그날"임을 알기 어렵다(「오늘이 그날이다 1」). 비단 시인만의 형편이 아니다. 우리 모두의 삶과 그 삶을 이끌어 가는 시간의 운용이 그러하다는 말이다. 그런데 바로 그날인 오늘은 나를 거둬 가는, 내 낱알을 털어 골라 두는 날이다. 운명의 날, 절체절명의 날, 삶에서 죽음으로 옮겨 가는 불가항력의 날이다. 이 강고한 인식이 시에 이르면, 그 시가 삼엄해질 수밖에 없다.

  '옛날에' 하고
  어머니가 말씀하시더라
  아주 먼 호랑이 담배 피우는 시절에 사람이 사람을 보는데 이따금 소로 보이는 때가 있었다더라 소로 알고 때려잡고 보면 사람이라 제 어미 제 아비 제 아우가 서로 때려잡아 먹기도 하니 이런 환장할 일이 어디 있다더냐 이미 엎질러진 물이라 사람이 소로 보이지 않는 곳을 찾아 한 사람이 울며 떠났다더라 어느새 나그네는 얼굴에 주름살이 접히고 머리는 새하얗게 세었구나 파란 바람이 부는 한 마을에 당도하니 이곳은 사람을 소로 알고 잡아먹는 일이 없더라 마을 어귀에서 나그네의 사연을 들은 한 노인은 껄껄 웃더라 이곳도 한때 그러했지만 파를 먹고 나서는 눈이

맑아져 사람은 사람 소는 소로 보인다고 파밭으로 데리고 가더
라 파 씨를 얻은 나그네는 고향으로 돌아와 자기 집 텃밭에 씨를
심더라 마침 이웃 친구들이 오는지라 일어서서 맞이하는데 친구
들의 눈에는 그가 소로 보이는지라 도끼로 소를 잡더라 며칠 후
텃밭에서는 파 씨가 싹을 틔워 향기롭게 자라나니 향기에 이끌
려 이를 뜯어 먹었더라 파를 먹은 사람들은 눈이 맑아져 사람이
소로 보이는 때가 이제는 옛날이라 말하더라.

─「사람이 소로 보이는 마을에서」 부분

　시집의 「자서」에서 그가 언급한, 세상의 다양성에 대한 눈
뜸과 시적 방법론의 새김은 3부에 이르러 주목을 요하는 우
화 시 한 편을 불러온다. 곧 '사람이 소로 보이는 마을'에 관
한 이야기 시다. 사람이 소로 보이니 가족 간의 상잔相殘도 하
등 이상할 바가 없다. 그런데 "파란 바람이 부는 한 마을"에
는 그와 같은 비극이 없는 것이다. 그 원인에 "파"를 먹었기
때문이라는 의미의 장치가 도입된다(「사람이 소로 보이는 마을
에서」). 이러한 이야기 도식 속에서, 우리는 어렵지 않게 서로
다른 두 마을의 행태行態와 그 구분이 가능하게 하는 파의 존
재 양식을 체득할 수 있다. 이때의 파는 평범한 사람의 의식
을, 랭보Arthur Rimbaud의 경우처럼 견자見者의 그것으로 치환하

는 시의 기능이 아니고 무엇일까.

사람들은 다 어디에 있나
포장마차 불빛 속에 고개를 떨구고 있는
한 낯선 작은 섬만 보아도
꺼억꺼억 목 울던 너는 떠나고
이 겨울날 염전 구덩이에 한 움큼의
소금으로 가라앉아 있는 지난날의 술잔마다
너의 눈물은 어디서나 얼비치는구나
사람 속에 사람을 찾는 너는 어디에 있나
오늘은 모든 물도 단단히 굳어서
한곳에 사흘 이상 머물지 않는 너의 섬에
목선 하나가 머리를 풀고 있구나
사람들은 다 어디에 있나

―「오이도를 떠나며」 전문

「사람인 소로 보이는 마을에서」 다음에 수록된 「낚시법」
또한 다른 이름의 시법이다. 「그건 아니다」는 생선에 빗대어
그리고 「잔을 들며」는 소주에 빗대어 이야기 시의 연이은 창
작을 보인다. 이 무렵에 이르면 그의 시가 일정한 패턴을 유

지하면서 난해함과 복잡함의 겉옷을 벗어던지고 있다. 종교적 의례를 통한 자아 성찰도 여기에 한몫을 더한다. 「해미를 떠나며」는 해미의 순교와 십자가의 희생을 한 묶음으로 내놓은 시다. 그리고 시인은, 인용의 시에서처럼 마침내 오이도를 떠난다. 떠도는 섬에서부터 시인의 내면을 강력하게 압박하고 있던 그 섬이다. 이 선언적인 시의 이름은, 앞으로 그의 시가 이제까지 도달한 자리에서 한차례 승급昇級할 것이라는 예측을 가능하게 한다. 그리고 그다음에 시인의 '성명절기姓名絶技' 대표작 『못에 관한 명상』이 놓이게 된다.

필생의 '성명절기' 못을 매개한 성찰

김종철 제4시집 『못에 관한 명상』은 시인으로서 그가 이룬 위상과 성취에 대한 시금석試金石이다. 이 시집은 1992년 그가 깊은 우정을 나눈 필생畢生의 벗, 김재홍이 운영하던 시와 시학사에서 나왔다. 시인은 아예 4부로 구분되어 시집에 수록된 시 65편에 모두 '못에 관한 명상'이란 부제를 붙였다. 이 주제로 일관한 시의 묶음으로 낸 시집이자, 자신의 시 세계를 하나의 유다른 관점으로 특정特定하겠다는 의지의 소산으로 보인다. 시인은 「자서」에서 "삼 년간 구도적인 묵상"을 통해 "굽은 못 하나" 그리고 "가장 하찮은 녹슨 못 하나"가 자신의 기도였음을 깨닫는다고 썼다. 그는 스스로 "못의 사제"가 될 것을 다짐한다. 이후의 시적 행로를 보면, 이렇게 자신의 시와 맺은 "계약"을 충실히 지켜간 셈이다.

> 오늘도 못질을 합니다
>
> 흔들리지 않게 삐걱거리지 않게
>
> 세상의 무릎에 강한 못을 박습니다
>
> 부드럽고 어린 떡잎의 세상에도
>
> 작은 못을 다닥다닥 박습니다
>
> 그러나 익숙지 않은 당신들은
>
> 서로 빗나가기만 합니다
>
> 이내 허리가 굽어지기도 합니다
>
> 그때마다 굽어진 우리의 머리 위로
>
> 낯선 유성이 길게 흐르는 것이 보였습니다
>
> —「오늘도 못질을 합니다—못에 관한 명상 2」 전문

'사는 법'이라는 소제목이 붙어 있는 이 시집 1부에서 가장 서두에 놓인, 연작시 1번 「고백성사」는 우리가 이미 한 번 살펴본 바 있다. 제3시집 『오늘이 그날이다』에 실린, 「못에 대하여 1」이란 시가 바로 그것이다. 시인은 '못에 관한 명상'을 주제로 새 시집을 시작하면서, 이 특별한 시를 다시 출발점으로 가져다 두었다. 인용의 시는 그 출발의 두 번째, 곧 연작

시 2번이다. 시인은 오늘도 "세상의 무릎"과 "부드럽고 어린 떡잎의 세상"에 강한 못과 작은 못을 박는다. 그러나 그 못질은 빗나가기만 하고, 이내 허리가 굽어지기도 한다. 그때마다 시인이 새롭게 보는 것은 "우리의 머리 위로 / 낯선 유성이 길게 흐르는 것"이다(「오늘도 못질을 합니다」). 세상살이의 못질 너머에 우리가 모두 알 수 없고 말할 수 없는 또 다른 차원이 남아 있다는 각성이 선명하게 드러난 대목이다.

나는 못으로 기도한다
못 박는 일에서부터 못 뽑는 일까지
못이 하는 일을 순례하는 동안
당신 외에는 누구에게도 들키지 않았다
그런데 저 눈물의 골짜기에
이제 비로소 못이 된 유다가 보였다
유다는 못이었다
그래그래 밤마다 굶주린 내 머리 위에
떨어지는 폭포가 바로 너였구나!
내가 못 속에서 너를 찾을 수 있다니!

—「눈물 골짜기—못에 관한 명상 7」전문

못에 관한 시편들이 그 장후을 열면서 확연히 달라진 사실 하나는, 김종철의 시에 종교적 묵상과 고백 그리고 그 시적 발현이 연속적으로 출현한다는 것이다. 그는 가톨릭 신자이며 그러한 종교적 성향이 자신의 내면에 체화體化되어 있는 듯하다. 젊은 날의 시에서는 볼 수 없던 이 측면이 마흔 중반에 이르러 마침내 시의 표면으로 배어 나온 결과다. 종교적 교리에 있어서도 예수 그리스도의 십자가 희생은, 못이라는 사물의 의미 및 기능과 밀접한 관계에 있다. 시인은 "못으로 기도한다"고 하고 그 은밀한 기도의 "눈물의 골짜기"에 비로소 "못이 된 유다"를 발견한다고 고백한다. 그 못 또는 유다는 결코 시인의 신앙적 삶에서 멀리 있지 않다(「눈물 골짜기」). 그와 같은 묵상과 성찰이 이 시의 곳곳에 숨어 있다.

그날 아내의 배가 불러 오르는 것을
눈치챈 나는
아무것도 손에 잡히지 않았다
아무리 손꼽아 헤아려도
나와는 상관없는, 어쩜 나를 만나기 전
한 남자의 씨앗인 것만은 사실이었다

아내의 입덧은 더욱 노골적이었다

신 것을 찾고

나와의 잠자리를 멀리하였다

뻔뻔스럽게 허리를 주물러 달라고 할 때는

망치나 대패로 머리통을 갈기고 싶었지만

어쩌나요, 하느님의 아들이라 우기니까요

나는 낙태를 하지 않기로 했다

어느 놈을 닮았는지 그놈을 찾아내어야 했기에

대팻날에 벗겨져 나가는 나뭇결 냄새가

그놈의 정액처럼 역겨웠지만

내가 배운 일은 이 짓뿐이니

나는 그놈을 벗기듯 자꾸 벗겼다

그런데 이상한 일도 다 있었다

아내는 열 달이 다하도록 해산하지 않았다

내가 그놈의 정체를 벗기고자 마음먹은 날부터

아내는 아기 낳기를 포기해 버렸다

오, 하느님 정말 당신의 아기라면!

—「요셉일기—못에 관한 명상 25」 전문

'몽당연필'이란 소제목을 가진 이 시집의 2부에는 부산의 미군 부대, 창녀촌 완월동 같은 시인의 어린 시절 기억들이 자주 나온다. 이를테면 못에 관한 명상으로 자기 삶의 처음부터 이제까지를 반성적으로 검색해 보려는 의도가 엿보인다. 연작시 25번 「요셉 일기」는 성경의 예수 출생 기록에서 모티브Motive를 얻었다. 마리아의 동정녀 출산을 현실의 삶에 적용하고 보면, 현실에서의 어긋남이 확연해지고 그것은 동시에 시의 언어들을 밀고 나가는 힘이 된다. 상황의 설정이 이러하니, 시인은 자신의 처지를 마리아의 남편 요셉의 물리적 입지에 결부해서 발화한다. 물론 성경의 요셉은 이 시적 화자와 같은 의심이나 불만을 갖지 않았다. 이 구조적 문맥을 익히 잘 알기에, 현실의 쓰고 힘겨운 형편을 불평하면서도 신심信心의 결국을 벗어나지 않는다. 그는 이렇게 시를 결말짓는다. "오, 하느님 정말 당신의 아기라면!"(「요셉 일기」).

　사과가 먹고 싶었다
　절대로 손 대어서도 먹어서도 안 되는
　금단의 과일이
　불현듯 내 머리 속에 한 알 붉게 열려 왔다
　저 한 알의 사과를 따 먹으면

두 번 다시 네가 생각나지 않을 것 같았다

그날 밤

나는 사과를 몰래 따 먹었다

흔적을 남기지 않기 위해서

사과 씨까지 송두리째 삼켰다

그날 밤은 이상하게도 눈이 밝아 와

한잠도 이루지 못했다

그런데 이 어찌 된 일인가

하루가 가고 또 하루

잊고 있었던 내 머리 속에

낯선 사과나무가 자라나

오늘 밤에는 주렁주렁 열매까지 열렸다

네 모습을 지우다 보니

이처럼 많은 사과가 내 머리 속에 꽉 차다니!

오오, 세상의 여자 모두가 알몸으로 보이다니!

밤새도록 사과나무 밑둥을 톱질하느라

중년의 무릎만 다 해어졌다

　—「명상법—못에 관한 명상 34」전문

이 시집 2부 맨 마지막에 수록된 시다. 이 시 또한 성경에 나오는 금단의 열매 '사과' 이야기를 차용해 왔다. 그 사과는 시인의 머릿속에 "한 알 붉게" 열려 왔다. 사과는 "두 번 다시 네가 생각나지 않을 것"에 효용성이 있다. 시인은 "그날 밤"에 결국 사과를 몰래 따 먹었다. 그런데 "이상하게도 눈이 밝아 와" 한잠도 이루지 못했다. 문제는 그다음에 온다. 머릿속에서 "네 모습"을 지우다 보니, "이처럼 많은 사과가 내 머릿속에" 꽉 찬 것이다. 그에게 세상의 모든 여자가 알몸으로 보이는 이상異常 변화가 일어나고, 그는 "중년의 무릎"이 다 해지도록 사과나무 밑동을 톱질해야 한다(「명상법」). '명상법'이란 제목에 비추어 보면 에덴동산의 사과가 오늘, 지금 여기에서 무엇인가를 따져야 하는 형국이다. 저 태고의 사과와 오늘의 사과는 서로 같으면서도 다르다. 두 경우 모두 금단은 금단으로 있는 것이 정답이다. 하지만 이 보편적 규율을 무너뜨린 곳에서 시가 일어난다.

새를 날려 보냈다
저희 사는 세상으로
저희 말과 꿈과
저희 노동과 내일이 있는 곳으로

빌어먹을, 내가 이제야 새장을 열다니!

발 씻을 물 나르지 않아도 된다
그놈을 가까이 보기 위한 대가로
하인처럼 얼마나 시중을 들었던가,
모이를 깜박 잊은 날에는
측은해서 나도 한 끼 굶었다
그놈 때문에 나를 하루 이상 비우질 못했다

잠들기 전에 시국 사범으로 독방에 들어가 있는
조카에게 편지를 썼다
조금 덜 먹고 덜 자고 덜 생각하기로 했다고
빈 새장을 보니 네가 생각난다고
아니, 네가 날아간 빈 새장 앞에
조간 신문과 우유 배달부가 다녀갔다고!

—「빈 새장—못에 관한 명상 42」 전문

'청개구리'라는 소제목으로 되어 있는 이 시집의 3부는 어
머니에 대한 추억, 새에 대한 생각, 걸리버 여행기나 알라딘
의 램프에 대한 상상력 등 여러 유형의 시들로 채워져 있다.

못에 대한 집중적인 명상은 드러나지 않으나, 시인은 그와 동일한 의미망을 형성하고 있다 여겨 그 부제를 그대로 사용했을 것이다. 인용의 시는 그동안 애완동물로 키우던 새와 새장을 열어, 날려 보낸 새를 서로 다르게 응대하는 시인의 심사를 보여 준다. 이 대비된 광경에 연동하여, "시국 사범으로 독방에 들어가 있는 / 조카"에게 편지를 쓴다(「빈 새장」). 애완의 새와 시국 사범 조카가 갇혀 있는 정황은 다르지만, 폐쇄와 개방이라는 엄중한 사태의 변화와 상황의 전환은 매한가지라고 인식하는 것이다.

치아를 면밀히 조사한 그들은
나를 육식 동물로 단정 지었다
내가 곤충을 날것으로 먹지 않는 것을 보고
무엇을 먹고 사는지 모르겠다고 갸우뚱거렸다
코끼리 네 마리에 해당하는 몸집 큰 개보다는
어릴 때 참새나 토끼, 강아지에 짓궂은 것처럼
아이들이 가까이 오는 것이 가장 겁이 났었다
그들은 나의 신체에 대해서도 토론을 했다
손톱이나 발톱은 무용지물이고
성냥갑 같은 건물을 짓고 빌딩이니 문화니 하며

이성을 사용하기에는 부적합한 동물로 평가되었다

더구나 지구 표면에서

가장 유해한 해충으로 결론지을 때가 두려웠다

걸리버라는 이름과 함께

　　ㅡ「걸리버와 함께ㅡ못에 관한 명상 46」 전문

이 시는 어린이와 어른이 함께 읽는 동화『걸리버 여행기』
를 소재로 활용했다. 걸리버가 소인국과 대인국을 여행하며
겪는 기상천외한 경험담 가운데, 그를 참으로 곤혹스럽게 한
지점을 예리하게 적출해 보인다. 시적 화자는 그들이 자신을
"지구 표면에서 / 가장 유해한 해충"으로 결론지을 것을 두
려워한다(「걸리버와 함께」). 그런데 정말 시인이 이 동화 이야
기를 독자에게 전달하는, 단순한 매개 역할에 관심을 두었을
까. 아니다. 그는 걸리버의 몸과 마음을 빌려, 날마다 자신이
면대하고 있는 세상살이의 곤혹스러움을 말하려는 것이다.
특기할 만한 한 가지 사실은, 아무도 관심을 두지 않을 때 출
판인으로서 시인은『걸리버 여행기』(문학수첩, 2000) 완역판을
냈다. 이는 그가 나중에 〈해리 포터〉 시리즈 한국어판을 출간
하는, 그 '행운'을 촉발하게 하는 하나의 실마리가 되지 않았
을까.

밤마다 그녀 방을 몰래 드나드는 사내를
먼발치에서 엿보았다
사내는 얼마나 급했던지 문을 통하지 않고
아예 벽 속으로 들어갔다가
벽 속에서 나왔다
이제는 그녀를 단속하기에는 늦어 버렸다

간밤에도 나는
숨어서 그놈을 기다렸다
그놈의 발자국을 증거로 남기기 위해서
집 부근에 흰 가루를 몰래 뿌려 두었다
드디어 새벽녘에 흰 달빛을 받은
그놈의 발자국이 집으로 향해 있었다
한 시간 두 시간, 서너 시간을 기다려도
밖으로 나간 발자국이 눈에 띄지 않았다

나는 벽에 귀를 기울이며 동정을 살폈다
그 순간 미끄러지듯 몸이 벽 속에 쉽게 들어갔다
아아, 그놈을 이처럼 가까이 보기는 처음이었다
그놈은 발자국을 지우느라 애를 썼다

그럴수록 벽은 더욱 단단히 저항했고

나도 흰 가루가 묻은 발자국 때문에

그놈과 함께 벽 속에 생매장이 되어 버렸다

아아, 내가 이렇게 뜬 눈으로

그녀 속에 쉽게 갇혀 버릴 줄은

꿈에도 생각지 못했다

　　　ー「처용을 위하여 1—못에 관한 명상 57」전문

　이 시집의 4부는 '개는 짖는다'라는 소제목으로 되어 있
다. 개가 짖는 것은 그야말로 여러 가닥의 의미를 부여할 수
있는 일이고, 시적 변용에 기대어 살펴볼 때 그 개 또한 여
러 행위의 주체가 될 수 있다. 시인은 4부의 첫 시 「개는 짖는
다!」에서 이 다층적인 의미의 실상을 우리 삶 가운데 흔하고
편한 포장마차와 비리의 수수授受 현장으로 이끌고 왔다. 인
용의 시 「처용을 위하여 1」에서는 저 빛바랜 처용설화의 이야
기를 오늘의 삶과 그것이 노정露呈하는 갈등 구조 속에 차입
한다. 그런데 매우 재미있는 결말은, 그 외간 남자를 단속하
다 시적 화자 자신이 "그녀 속"에 갇혀 버렸다는 상황 설정이
다(「처용을 위하여 1」). 두 경우 모두, 시인이 미리 주어진 담론
의 귀결을 자기 시대와 자기 삶의 규격에 적합하도록 능숙하

게 가공하여 사용한다는 점이다.

1

그것!
을 말할 때는 서두르지 마라
먹고 자고 입는 것처럼
그것도 먹고 자고 입어야 한다

2

나는 누구인가
너는 누구인가
우리는 왜 끊임없이 자문하는가
나와 너, 우리라는 말이
그것 때문에 필요하다니!

3

한번은 자나가는 젊은 여인에게

'그것 좋구나' 하니

여인은 얼굴을 붉히며 앞가슴을 가렸다

젊은 남자에게

'그것 좋구나' 하니

바지 앞을 단속하였다

그때사 나는 그들의 그것이

어디에 있는가를 알게 되었다

4

그것을 만나려면

천천히 걸으면 서너 시간에 당도한다

빨리 걸으면 하루가 부족하다

그러나 그것 때문에 나는 일생을 허비한다

—「그것!─못에 관한 명상 59」 전문

　연작시 59번 「그것!」은 사뭇 의미심장한 시다. 시의 제목 '그것'이 무엇인지 아무도 모른다. 아마 시인 자신도 짐작할 뿐 명료하게 풀어 말하기 어려울 터이다. 그래도 그것이 "먹고 자고 입어야" 한다니, 우리 삶의 바탕에 밀착해 있는 그 무엇이라는 사실은 분명하다. 심지어 "나와 너, 우리라는 말" 조차 "그것 때문에 필요하다"고 하지 않는가. 그것은 젊은 여인이나 젊은 남자에게는 숨겨야 하고 단속해야 하는 그 무엇이다. 이윽고 시인은 이렇게 결론짓는다. 그것을 만나는 데 있어 "천천히 걸으면 서너 시간"에, "빨리 걸으면 하루"가 소용되는 시간의 역전 현상이 일어나는데, 자신은 "그것 때문에" "일생을 허비한다"는 것이다(「그것!」). 그러할 때 그것은 우리 인생의 본질적인 차원에 있는 어떤 것이며, 세상의 일반적인 관찰 방식과는 궤軌를 달리하는 근원적인 존재의 다른 이름이다. 만약 이 풀이가 설득력을 가진다면, 그것의 실제 정체는 어떤 모형이어도 상관없는 결과가 된다.

깨달음의 세계와 일상적 삶의 만남

김종철의 제5시집 『등신불 시편』은 2001년 자신이 운영하던, 그리하여 〈해리 포터〉 시리즈로 한국 출판 사상 미증유의 '대박'을 터트린 문학수첩 출판사에서 나왔다. 이 시집은 4부로 이루어져 있으며 1부 '등신불 시편', 2부 '소녀경 시편', 3부 '산중문답 시편', 4부 'Love song For Hanoi'(영문) 등의 구성을 볼 수 있다. 각 부는 모두 연작 형식으로 되어 있고 1부 13편, 2부 14편, 3부 22편, 4부 12편 등 모두 61편의 시가 실렸다. 주지하다시피 등신불은 김동리의 소설에서, 소녀경은 성性과 관련된 도교道敎 수행법인 중국 방중술 서적에서 그리고 산중문답은 동양의 신선 사상을 바탕으로 한가로움과 자유를 구가謳歌하는 이백의 시에서 그 의미를 차용했다. 이러한 중심사상을 기반에 깔고 보면, 비록 세상 저잣거리의 풍광을 시로 쓴다 해도 그 깊이가 유현幽玄해진다.

> 등신불을 보았다
> 살아서도 산 적 없고
> 죽어서도 죽은 적 없는 그를 만났다
> 그가 없는 빈 몸에
> 오늘은 떠돌이가 들어와
> 평생을 살다 간다
>
> ─「등신불─등신불 시편 1」전문

이 시집 1부의 맨 앞에 나오는 시다. 우선 시의 길이가 짧아지고 그 언어의 발걸음이 경쾌해졌다. 짧을 글에 깊고 긴 감동을 담아낼 수 있다면, 우리는 그 발화자를 존경한다. 인간의 사상과 감정을 최대한으로 축약하고 이를 운율에 실어 표현하는 시에 있어서는 더 말할 나위가 없다. 우리 문학의 옛 선조들은 짧은 시의 그릇에 진중한 생각을 담는 데 능란했다. 한시에 있어서 절구絶句나 율시律詩의 형식이 그렇고, 시조 또한 기본이 3장 곧 3행시가 아닌가. 그 간략한 글에 우주 자연의 원리와 인생 세간의 이치를 수용하여 후대에 남겼던 것이다. 김종철의 이 시는 바로 그와 같은 면모를, 또 그 깊이를 보여 주는 시발점이다. 이는 그가 「시인의 말」에 쓴, "결말을 구하지 않는 법法"을 익혔다는 '실토實吐'와 관련이 있다.

　잘 아는 선생 한 분이
　꿈에
　머리를 박박 깎은 모습으로
　나타나셨다
　멀고 먼 중국 구화산까지 나를 찾아오신 것으로 봐
　용무가 있는 것 같았다
　그러나 그것은 내 쪽의 생각이고
　그분은 구화산으로 오른 내 길을 쉽게 밟고
　몸만 두고 당도했었다
　그날 밤 기와지붕의 이마까지 차오른 밤안개,
　안개 위에
　등신불 하나가 벌떡 걸어 나와
　태허太虛를 가리켰다

　그렇구나, 돌멩이 몇 개만
　마음속에 넣어 두어도

너는 누웠다 앉았다 할 수 있구나!

—「오뚝이─등신불 시편 7」 전문

이 시 또한 도교적인 의미의 구조와 그것의 체현을 추구한 시다. 시에 나오는 구화산은, 통칭 중국 4대 명산 가운데 하나로 알려져 있다. 안후이성 칭양현 남서쪽에 있으며 주봉은 스왕봉으로 해발 1,342미터다. 불교의 지장보살이 깃들어 있는 영지靈地로, 중국 불교 4대 성지 중 하나다. 그 구화산에서 "잘 아는 선생 한 분"이 찾아오고, 그날 밤 "기와지붕 이마까지 차오른 밤안개" 위로 "등신불 하나가 벌떡 걸어 나와" 태허太虛를 가리킨다. 이처럼 우주 천지를 진동할 만한 사건 개요의 상상력 가운데서, 시인은 매우 소박하고 값있는 깨달음 하나를 건져 낸다. 그렇다! 모든 것이 마음의 문제다. 그래서 "돌멩이 몇 개만 / 마음속에 넣어 두어도" "누웠다 앉았다 할 수 있"다고 쓴 것이다(「오뚝이」).

지천명에
소녀경을 읽었다
처음부터 끝까지 쉬어 가며 다 읽었다
나이 오십 되어

맨 처음 읽은 책이

하필이면 소녀경이라니!

소녀경을 경처럼 달달 외우기에는

한창 늦은 나이

돋보기 너머 소녀경의 앞섶을 펼쳐보니

바알간 젖꼭지가 보인다

한 열 명쯤 자주 여자를 바꿔 보라는

소녀경의 지침 따라 강을 건너다 보니

아직도 강 저편에는 뭇 사내들이

한 여인만 등에 업고 있었다

    ㅡ「강 저편에서는ㅡ소녀경 시편 1」 전문

    이 시집의 2부 첫머리에 있는 시다. 시인은 지천명의 나이에 이르러, 처음부터 끝까지 쉬어 가며 『소녀경』을 다 읽었다고 썼다. 실제로 이 책은 현존했던 것인지가 확실하지 않으며, 내용의 일부만 출간한 서적이 일본에 존재한다. 시기를 추측하기로는 진나라 또는 주나라에서 씌어진 것으로 전하는데, 저자는 황제 시대의 소녀素女라고 한다. 시인은 소녀경을 읽는 돋보기 너머로 여자의 육체를 본다. 거기에 "한 열

명쯤 자주 여자를 바꿔 보라는" 지침도 있다. 그런데 이 시가 시가 되도록 하는 결정타는 마지막 대목이다. "아직도 강 저편에는 뭇 사내들이 / 한 여인만 등에 업고" 있는 것이다(「강 저편에서는」). 소녀경이 지시指示하는 쾌락의 길과 사람들이 살아가는 일상의 길은 서로 다르다는 말이다. 시인이든 우리든 이 온전한 균형 감각을 가지고서야, 소녀경을 읽어도 문제가 없겠다.

오늘 밤 배 없어도 강 건널 것 같다

오늘이 지나면 강마저 보이지 않을 것 같다

건너가고 건너오는 것

이쯤에서는 내 몫도 아니다

저문 날 저 산과 강

천둥소리 하나 업고

지팡이 짚고 내려오다

오십 번 구르니

머리통은 유년 시절 기계총 자국만 가득!

—「오십 고개—소녀경 시편 13」 전문

이 시집을 출간했을 때 김종철은 54세의 장년이었다. 그러니 이 시들을 썼을 때는 50세 전후였을 것으로 짐작된다. 그러기에 앞의 시에서 지천명을 말하고, 이 시에서 "오십 번 구르니"와 같은 표현이 동원되는 것이다. 우리의 귀에 익숙한 지천명知天命은 『논어』 위정편爲政篇에서 공자가 학인學人의 연령을 규정하면서 쓴 용어다. 자신이 오십 세에 이르러 천명을 알게 되었다고 했으니, 그 제자들도 이 연륜의 규범을 따라가기를 원했던 것이다. 시인은 자기 자신의 지천명 시기를 매우 중대하게 인식하고 있다. 강을 건너는 배와 "저문 날 저 산과 강"은 그의 생애가 펼치고 있는 인생사의 풍경이다. 지팡이 짚고 내려오는 길 또한 그렇다. 그렇게 "오십 번 구르니" 문득 유년 시절로 돌아와 있다(「오십 고개」). 우리에게 모두 전달하지는 못하더라도, 그 자신은 깨우침의 원리 하나를 얻은 것 같다.

머리발치에서 너를 보았다
앙상한 흰 산맥의 갈비뼈가
길가 화장터의 장작더미 위에
누워 타고 있었다

네 팔과 내 팔 사이에!

　　김종철의 제5시집에 대한 이 글을 시작하면서, 그의 산중문답 시편이 이백의 시 산중문답에서 그 원형을 이어받았을 것이라고 짐작한 것은 절반은 맞았고 절반은 틀렸다. 실제로 김종철의 산중문답 시들을 읽어 보면 그렇다. 동양의 신선 사상이 문답의 방식으로 펼쳐져 있고 그 대화 속에서 자연스러운 삶의 도리를 깨우쳐 가는, 호방하고 활달한 세계를 김종철이 이어받으려 한 것은 맞다. 그러나 이에 대응하는 시적 소재에 있어서는 네팔과 히말라야, 베트남의 하노이 등을 배경으로 생활 밀착형 시적 언술을 내놓고 있기에 그와 다르다고 볼 수밖에 없다. 하지만 이러한 내포적 증폭의 구도를 탐색한 덕분에, 각기의 시에 득도得道를 향한 고투의 흔적이 배어 나온다. 인용의 시에서 "앙상한 흰 산맥의 갈비뼈가 / 길가 화장터의 장작더미 위에 / 누워 타고 있었다"와 같은 시행이 그렇게 얻어진 것이다(「네팔에서」).

　　세상과 더불어 사는 것이
　　사람뿐인 줄 알았더니
　　오십 줄에, 줄에 걸려 넘어지면서

나는 깨달았네

사람 눈에 사람 마음만 보고
사람 생각과 행동이
더욱 사람 되길 바랐더니
죽어서도 사람인 양
사람의 저승길만 찾을 게 뻔해

오십 줄에 줄줄이 길을 묻게끔
오늘은 오도송 한 줄로 빗금질 치네

－「오도송─산중문답 시편 22」 전문

이 시집 3부 마지막에 수록된 시다. '오도송悟道頌'이란 선승
仙僧이 자신의 깨달음을 읊은 선시를 이르는 말이며, 게송偈頌
의 하나로 일컬어진다. 결국 불교의 가르침을 함축하여 표현
하는 운문체의 짧은 시구가 오도송이다. 김종철의 오도송은
그가 수차에 걸쳐 밝혀온, 그의 나이 '오십 줄'에 얻은 것이
다. "세상과 더불어 사는 것이 / 사람뿐인 줄"로 알았다가, 이
제 "사람 마음"의 작용을 유념한다는 뜻이다. 그러나 그렇게
새롭게 눈을 떴다고 해서 온전히 "더욱 사람"이 되는 것은 아

니라고 한다. "오십 줄에 줄줄이 길을 묻"는 것은, 그러한 생각과 번민의 깊이에 잇대어져 있는 일이다(「오도송」). 거기 그가 애써 찾아낸, 오도송의 값에 이르는 성취가 숨어 있다 해야 옳겠다.

어머니를 향한 모든 아들의 사모곡

김종철은 김종해와 형제 시인이다. 김종철이 1947년에 태어나서 2014년에 세상을 떠났으니 67세를 살았고, 김종해는 1941년 생으로 김종철보다 6년 연상의 형이며 이제 팔순을 두어 해 넘겼다. 두 사람이 함께 형제시인 시집 『어머니, 우리 어머니』를 펴낸 것은 2005년 문학수첩에서였다. 지금 이 김종철 시의 주제론적 비평이 저본底本으로 하고 있는 『김종철 시전집』은 2016년 문학수첩에서 나온 것으로, 거기에는 『어머니, 우리 어머니』의 시 가운데 김종철의 시만 20편이 실려 있다. 김종철의 시집들을 순차적으로 살펴보다가, 이 자리에서 형제 시인의 시집을 검토하는 것은 발간 순서에 따른 편의에 의해서다. 그 20편의 시 중에는 우리가 이미 탐색하고 지나온 시도 있다. 그러나 어머니란 주제의 적합성 때문에 한데 묶인 터이다.

어느 누구에게나 어머니는 영원한 생명의 본향이다. 어머니 없이 세상에 태어날 수 없고 어머니 없이 죽을 수도 없다. 독일의 문호 헤세Hermann Hesse는 그의 『지성과 사랑』 말미에서 골드문트의 입을 통해, "어머니가 있어야 사랑할 수 있고 어머니가 있어야 죽을 수 있다"고 단언하지 않았던가. 한국의 독자들에게 대중적으로 큰 사랑을 받은 시인 조병화는 그의 「꿈의 귀향」에서, "어머님의 심부름으로 이 세상 나왔다가 / 이제 어머님 심부름 다 마치고 / 어머님께 돌아왔습니다"라고 썼다. 김종철의 어머니 또한 그와 별반 다르지 않다. 그는 유년과 청소년 시절 그리고 장년 이후 언제나 모성母性으로의 회귀라는 도식을 잊지 않았고 이를 자신의 시 곳곳에 무슨 보화처럼 갈무리해 두고 있다. 한 인간으로서의 효성이자 시인으로서의 숙명처럼 여겨지는 측면이다.

이 시집은 어머니를 위한 진혼곡이자 어머니 예찬입니다.
이 작은 시집은 세상의 모든 어머니에게 바치는 기도입니다.

우리 어머니는 슬하에 사 남매를 두셨습니다.

그 사 남매 가운데 막내로 태어난 나는 보릿고개, 춘궁,

흉년이라는 말이 예사롭게 쓰이던 시대에 그 시대를 아프게

겪었습니다.

한 끼 굶고 냉수 한 사발 쭉 들이켜며 허기를 채우는 것이

조금도 부끄럽지 않은 시대에

푸른 하늘만을 바라보며 성장한 것이지요.

그 가난은 진실로 축복이었습니다.

이 시집은 그 시절의 투명한 눈물과 마음을 모아,

당신께서 떠난 지 15주기 되는 어머니날을 맞아 펴냅니다.

요즘도 잘 익은 과일이나 별미를 먹을 때

문득문득 어머니가 생각납니다.

생전에 저지른 불효가 어떠했으면

이처럼 뒤늦은 깨달음에 마음 아파하겠습니까?

아직도 청개구리처럼 저는 울고 있습니다.

열 손가락 깨물어 아프지 않은 손가락이 없다고

당신의 자식 사랑 말씀하시던 때가 엊그제 같은데,

오늘은 열 손가락 중 하나였던,

그 잇자국이 선명한 사랑 하나가 정말 보고 싶습니다.

—「시집 책머리에—어머니, 가난도 축복입니다」 전문

『김종철 시전집』에 수록된 어머니 시편 20편을 정독하며 감상해 보았지만, 필자의 오감에 가장 큰 울림을 주는 시는 「시집 첫머리에」에 있는 서시 「어머니, 가난도 축복입니다」였다. 시인은 이 시집이 "어머니를 위한 진혼곡이자 어머니 예찬"이라고 말문을 열었다. 동시에 "세상의 모든 어머니에게 바치는 기도"라고 했다. 시의 진술을 그대로 따라가 보면, 그 어머니는 슬하에 사 남매를 두었고 김종철은 막내였다. 그 시대의 형편과 모양이 그러하기도 했지만, 이들 가족은 참으로 가난하게 살았던 것 같다. 오죽하면 "가난도 축복"이란 역설적 어휘를 불러왔을까. 시인은 어머니를 사별하고 15주기가 되는 어머니날에 이 시집을 펴냈다고 밝혔다. "열 손가락 중 하나"였던, "그 잇자국 선명한 사랑 하나"가 보고 싶다고 했다.

엄마
어머니
어머님
당신을 부르기엔
이제 너무 늦었습니다

엄마 하며 젖을 물고

어머니 하며 나란히 길을 걷고

어머님 하며 무릎 꿇고 잔 올렸던

당신 십 주기十週忌로 제사상에

북어 대가리 같은 무자無字 하나

눈을 감습니다

—「사모곡」 전문

　김종철의 어머니는 그의 전 생애에 걸쳐 가장 막강한 우호
세력이었다. 실상 그는 이 시집의 서시에서 어머니에 대해
할 수 있는 말을 모두 다 했다고 해도 과언이 아니다. 어머니
에 관해서는, 또 어머니를 향해서는, 많은 말을 할 필요가 없
기 때문에 그렇다. "엄마 / 어머니 / 어머님"으로 호칭의 순위
와 강도가 바뀌는 것은 이 땅의 모든 아들이 겪는 어머니와
의 관계성에 있어서 순차적 통과의례를 상징한다. "당신 십
주기十週忌 제사상"에 올린 "북어 대가리 같은 무자無字 하나"
는, 시인이 어머니에게 바칠 수 있는 모든 제물祭物의 통칭이
다(「사모곡」). 문제는 이 지극정성이 대개 일방통행적 방향성
으로 그친다는 데 있다. 그러기에 어머니는 언제나 안타까움

의 다른 이름이다. 굳이 옛말 한 구절을 옮겨 오자면 이렇다. '나무가 조용히 있고자 하나 바람이 그치지 아니하고, 자식이 섬기고자 하나 부모는 기다리지 않는다[樹欲靜而風不止 子欲養而親不待].'

　간밤 꿈속에 어머니와 몇 그루 나무를 보았지요

　내가 어머니를 뵈오러 간 것인지

　어머니와 몇 그루 나무가 수천 리 걸어

　내 꿈속에 드는 것인지 알 수 없어요

　생시 떠나와 있으면 어머니와 나는 늘 하나가 되었고

　해후를 하면 우리는 다시 각각이 되었지요

　어머니와 나는 분명히 꿈속에 속하지 않으면서

　또한 꿈속의 만남을 여의지 않았어요

　있음과 없음이 서로 넘나들 동안

　잠 도둑이 사는 곳은 무섭게 헐벗어 버렸어요

　꿈꾸는 자를 나라고 한다면

　깨어서 어머니를 맞이하는 자는 누구일까요

　나의 사랑은 나누면 하나이고 합하면 둘로 되어요

　ー「간밤 꿈속에서」 전문

간밤 꿈속에 어머니와 몇 그루 나무를 본 시인은 김종철만이 아니다. 일찍이 민족시인 윤동주가 쓴 시 「별 헤는 밤」의 몇 구절에서, 또는 우리의 젊은이들이 군문에 기대어 부르던 「전선야곡」의 노랫말에서, 세상의 모든 아들은 언제나 어머니를 그리워했다. 시인은 그 어머니를 떠나 있으면 어머니와 하나가 되고, 해후를 하면 다시 각각이 되었다는 형이상학적 셈법을 구사한다. 꿈꾸는 자가 자신이라면, 깨어서 어머니를 맞이하는 자는 누구인지 묻는다. 어머니는 이 모든 계산과 논리의 층위에 복속되어 있기도 하고 그로부터 초월해 있기도 하다. 이 우주론적 존재의 방식을 허물 수 있는 자는 어디에도 없다. 태초 이래의 삼라만상 가운데 어머니 역할을 대신할 대체제代替製도 없다. 사정이 그러하니 이 인륜의 역학 구도가 어찌 김종철만의 것이겠는가.

어머니, 나는 큰 산을 마주하면 옛날 당신을 안고 쓰러진 죽은 산과 마주하고 싶어요. 그날 어린 잠의 살점까지 빼앗아 달아난 이 땅의 슬픔을 어머니는 어디까지 쫓아갔나 알고 있어요. 굵은 비가 뒤뜰 대나무 숲을 후둑후둑 덮어 버릴 때, 나는 가슴이 뛰어 어머니 품에 매달렸어요.

대나무의 작은 속잎까지 우수수 어머니 앞섶에서 떨리는 것

을 보았어요. 잇달아 따발총 소리가 숭숭 큰 산을 뚫고 어머니의
공동空洞에 와 박혔어요. 해가 지면 마을 사람은 발자국을 지우
고 땅에서 울부짖는 사신死神의 꿈틀거리는 소리에 선잠을 이루
었지요.

어머니, 아무도 이 마을의 피를 덮지 못하는 까닭을 말해 주
어요. 유년의 책갈피에 끼워 둔 몇 닢의 댓잎사귀에 아직 그날의
빗방울이 후둑후둑 맺혀 있어요.

—「죽은 산에 관한 산문—이 땅의 어머니들에게」 부분

시인은 가슴이 크고 시야가 넓어야 한다. 자신의 절실한
체험과 절박한 시대 현실을 함께 바라볼 수 있어야 한다. 중
국에서 시성詩聖이라 불리는 두보杜甫가 일생을 두고 객지를
떠돌며, 가족과 고향을 그리워하고 당대 사회와 백성을 염려
하는 시를 쓴 것은 그와 같은 시인의 형질을 지닌 까닭에서
였다. 우리의 시인 김종철이 자신의 어머니에 대한 사모곡思
母曲을 풀어놓으면서, 이 땅의 모든 어머니와 아들의 심경을
함께 현시顯示한 것은 그와 같은 연유에서다. 이제 떠나고 없
는 어머니가 남긴 슬픔, 어머니 품의 그 앞섶, 고난의 역사로
인한 사신死神의 그림자 등이 이 준엄한 사태 인식에 결부되
어 있다. 그 산과 들과 나무가 모두 저마다의 사연을 안고 있

겠으나, 아들의 자리에 선 김종철의 '하소'는 그야말로 소박
하고 진솔한 어머니 찬가다. 이 형제시인 시집의 가치는 이
와 같은 사실의 공감대 위에 놓여 있다.

세월의 흐름과 시의 뜻에 대한 성찰

김종철의 제6시집 『못의 귀향』은 '못'이란 단어가 시집 제목에 들어간 두 번째 시집이다. 그다음의 제7시집이 '못의 사회학'이란 명호名號를 내걸고 있으므로, 외형상으로는 그렇게 3부작이 되는 셈이다. 『못의 귀향』은 2009년 시인의 오랜 벗 김재홍 평론가가 시와시학에서 이름을 바꾸어 운영하던 시학 출판사에서 나왔다. 이 시집은 1부 '초또는 대못이다', 2부 '당신 몸 사용 설명서', 3부 '순례 시편', 4부 '창가에서 보낸 하루' 등 네 단락으로 되어 있다. 각기의 단락에는 1부 20편, 2부 18편, 3부 10편, 4부 15편 등 모두 63편의 시가 실려 있다. 시인은 이 시집의 서두 「시인의 말」에서 '못의 귀향'을 "내 시의 귀향"이라 치환하여 표현한다. 못의 귀향이건 시의 귀

향이건, 그가 꿈꾸는 고향은 시심詩心을 형성하고 시를 생산
하게 하는 근본적이고 본래적인 공간이다.

유년 시절 어머니가 사 남매 키운 밑천은

국수 장사였습니다

부산 충무동 좌판 시장터에서

자갈치 아지매들과 고단한 피란민에게

한 그릇씩 선뜻 인심 썼던

미리 삶은 국수 다발들

제때 팔리지 않은 날은

우리 식구 끼니도 되었습니다

내가 세상에서 가장 좋아하는 것은

불어 터진 국수입니다

눈물보다 부드럽게 불어 터진 가난

뜨거운 멸치 다싯물에 적신

저 쓰러지다 일어서는 시장기를

아직도 그리워합니다

배 아픈 날 당신 약손이 그립듯

어쩌다 놓친 늦은 저녁

뽀얀 김 후후 불며 식혀 먹던

불어 터진 허기가

오늘은 내 생의 삐걱이는

나무 걸상에 걸터앉아 당신을 기다립니다

　　―「국수―초또마을 시편 7」 전문

　　이 시집 1부의 시 20편에는 순서대로 숫자를 붙여서 '초또
마을 시편'이라는 부제가 부여되어 있다. 시인이 말하는 초
또마을이 정확하게 무엇을 말하는지 알려주는 정보는 없다.
그러나 시의 문맥을 보면 그가 가난한 어린 시절을 보낸 부
산 어디일 가능성이 높다. 아니면 일본어의 '잠깐[ちょっと]'
이거나 '물건이 딱하고 맞부딪치는 소리[ちょうと]'를 그대
로 가져왔을 수도 있다. 서문에서 이르기를 솜씨 좋은 목수
가 목상자를 만들 때 한 번에 아래위가 '딱' 맞아떨어지는 소
리를 내게 해야 제격인데, 시인이 사는 세상과 시는 좀처럼
딱 맞아떨어지지 않는다고 한 것을 볼 때 마지막 해석도 쉽
게 내버릴 수가 없다. 그 초또마을의 가난, 어머니가 팔다 남
은 국수를 추억하는 시인의 심사만으로도, 초또마을은 그의
전 생애를 관통하는 소중한 과거의 공간이 된다.

　　형은 골목대장입니다

동네에서 몸놀림이 제일 빨랐습니다

다만 키 작은 것이 흠이었습니다

밤사이 아이들은 쑥쑥 자랐는데

키가 줄어든 것은 형뿐이었습니다

드디어 올 것이 왔습니다

한두 해 사이 부쩍 자란 아랫동네 아이가 덤볐습니다

떨어져서 싸울 때는 펄펄 날았지만

잡혔다 하면 힘이 밀려 쩔쩔매었습니다

밑에 깔린 형은 코피까지 흘렸습니다

짓눌린 까까머리통에

뾰쪽한 돌멩이가 못 박혀 있었습니다

어금니를 깨문 채 쏘옥 눈물만 뺀 형,

새야, 항복캐라, 마 졌다 캐라!

여섯 살배기 나는 울면서 외쳤습니다

늦은 저녁, 형은 담벼락으로 불러 눈을 부라렸습니다

절대로 졌다 카지 마래이!

나는 울먹이면서 맹세했습니다

사춘기에 갓 접어든 형은

작은 키에 외항선을 탄다고

먼바다로 떠났습니다

이 시에서 서술하고 있는 형이, 시인 김종해인지 아니면 다른 형인지를 확연하게 알 길이 없다. 물론 주위의 탐문을 통해 확인할 수 있겠지만, 시 자체의 언술만으로 이를 해석하는 것이 오히려 온당한 방식일 것 같아서 거기까지 나아가려 하지는 않을 참이다. 그 형은 골목대장이며 몸놀림이 빠르다. 다만 키가 작은 것이 흠이다. 어느 날 아랫동네 아이와의 싸움에서 코피가 터지고, 여섯 살배기 동생인 '나'는 "*마, 졌다 캐라!*"라고 울면서 외친다(「마, 졌다 캐라!」). 하지만 형은 굴하지 않는다. 사춘기에 접어든 형은 외항선을 탄다고 먼바다로 떠났다. 저 옛날 어느 마을에서나 볼 수 있었던 싸움의 장면이며, 형제간의 혈연이 보일 수 있는 반응이 손에 잡힐 듯 감각된다. 이 기억 또한 시인의 생애에 황금같이 귀하고 빛나는 대목이 아닐 수 없다.

꽃이 지고 있습니다
한 스무 해쯤 꽃 진 자리에
그냥 살았으면 좋겠습니다
세상일 마음 같진 않지만

깨달음 없이 산다는 게

얼마나 축복 받은 일인가 알게 되었습니다

한순간 깨침에 꽃 피었다

가진 것 다 잃어버린

저기 저, 발가숭이 봄!

쯧쯧

혀끝에서 먼저 낙화합니다

ー「봄날은 간다」 전문

　이 시집의 2부에 수록된 시다. 시집이 간행된 것이 2009년
이니 김종철 시인의 세수歲數 62세가 되던 해다. 인생의 큰 고
개를 넘어 이제는 지난날을 회억回憶하며 하산下山의 준비도
해야 하는 시기다. 이때에 부르는 '봄날은 간다'는 그 의미가
자못 의미심장하다. 시인이 자신의 일생에 그리고 시인으로
서의 생애에 있어 가장 유의미한 객관적 상관물로 찾아낸 것
이 '못'이다. 그 못의 귀향이라는 수사修辭를 쓰고 보면 이순耳
順을 두어 해 넘긴 이 시점에서 저 이름 있는 대중가요의 명
창을 시의 제목으로 가져다 두는 일이 결코 범상한 행위일
수 없는 것이다. 그는 꽃이 지고 있다고 말문을 연다. "깨달

음 없이 산다는 게" 축복이라면, 그 깨달음은 세상의 명리名利 가운데서 사리와 경우를 분별하되 그에 연연하지 않는다는 뜻이 된다. 그의 시야에 "발가숭이 봄!"이 "혀끝에서 먼저 낙화"한다(「봄날은 간다」). 그렇게 봄날이 가고, 또 시인의 한 세대가 가고 있었다.

그를 떠올리면
헐벗은 60년대 말
겨울 폭설이라든가, 펑펑 쏟아지는
함박눈 같은 그런 눈발이 없어도
그저 몇 낱의 분분한 꽃잎 정도
아침 잘 먹었냐 인사 한마디로
별고 없는 시대를, 그를 떠올리면

가로등 불빛 반쯤 이마 가린 종로 보신각
두 팔 벌리고 터억 막아선 새마을 푸른 지붕
새벽 두부 장수 종소리에 호들갑 떠는 참새 떼
땡땡땡 전봇대 따라 휑하니 고개 돌린 전차
덕지덕지 겹친 벽보 위의 무뚝뚝한 육교
　　—「그를 떠올리면—산사에게」 부분

이 속절없는 시기에 언제나 그의 곁에 함께 머물렀던 친구, 거의 유일한 오랜 친구 '산사山史'에게 헌정한 시다. 이때의 산사는, 필자와 같은 학과에 있던 문학평론가 김재홍 교수를 이른 호號다. 시의 문면을 보면 이들은 궁핍한 시대를 넉넉한 마음으로 동행했으며, 폭설이 내리거나 꽃잎이 분분한 종로 거리를 어깨를 겯고 배회하던 추억의 시간을 나누어 가졌다. 누군가 비유적으로 구분하기를 화향백리花香百里, 주향천리酒香千里, 인향만리人香萬里라 했거늘 이들의 우정 또한 만리를 가고도 남았을 것이다. 그런데 세월의 흐름은 속절없어 김종철은 2014년에, 김재홍은 그로부터 9년 후 2023년에 유명幽明을 달리했다. 김종철이 이 시의 끝막음으로 쓴 언사, "그를 생각하면 나는 이제사 청춘!"만 선명하여 한 시대의 우정과 문학에 대한 쓸쓸한 이정표처럼 남아 있다(「그를 떠올리면」).

당신을 찾아갑니다
순례 지팡이를 짚으며
졸면서도 기도하는
별들의 길을 좇아

사랑과 용서와 꿈으로
올리브 잎 한 장 가린
당신의 별 하나

비록 함께 깨어 있지 않아도
형제여, 축복이 있으리라
　　　—「별—순례 시편 1」 전문

　이 시집의 3부에 실린 7편의 순례 시편은 아마도 가톨릭
신자인 그가 성지 순렛길에서 얻은 소출이 아닌가 싶다. 한
시인이 종교성이 있거나 종교를 가지고 있다는 것은, 그의
시에 사상적 깊이를 더하는 데 더할 나위 없이 좋은 환경이
된다. 이 시 전집의 중반 이후로 넘어오면서, 김종철은 지속
적으로 자기 신앙을 시 속에 풀어놓는다. 이것은 어쩌면 마
르지 않는 광맥鑛脈인지도 모른다. '순례 시편 1'의 「별」은 기
독교 역사상 중요한 고비마다 등장하는, 강력한 상징성을 가
진 매개체다. 험난한 시대를 헤쳐 와 유대인의 상징처럼 굳
어진 다윗의 별이 있는가 하면, 예수 그리스도의 말구유로
동방박사들을 인도한 성탄의 별이 있다. 이 명료한 종교적
상징성이 개재介在해 있기에, 시인은 "형제"를 호명하고 "비록

함께 깨어 있지 않아도" 축복이 있을 것이라는 덕담을 건넨다(「별」).

　부활은 찐 달걀입니다

　달걀 껍데기에 그려진 어린 별입니다

　부활은 성냥개비입니다

　마지막 한 개비에 불사른 캄캄한 기도입니다

　부활은 하루살이입니다

　하루의 천 년을 보고 투신한 오늘입니다

　부활은 울리는 종입니다

　오래도록 우는 것은

　비어 있는 것들의 노래입니다

　부활은 알이 낳은 닭의 날입니다

　세 번 운 닭 모가지 비튼

　새벽이 잔칫상 받으라 합니다

　부활은 못 박고 못 빼는 일입니다

　한 몸에 구명 난 천국과 지옥

　몸 바꾼 당신이 소풍가는 날입니다

　　—「못의 부활」 전문

김종철의 '못'은 여기서도 부활한다. 그 못은 귀향하거나 부활하거나, 자유자재의 동선動線과 운동 범주를 자랑한다. 못을 통하여 세상을 바라보는 그의 눈은 이제 편안하고 자유롭다. 이 시는 부활절의 "찐 달걀"에서 시작한다. 그 달걀 껍데기에는 "어린 별"이 그려져 있다. 부활은 여러 모형으로 의미의 분화를 보이고, 시인은 이를 낮은 목소리로 담담하게 얘기하듯 독자에게 들려준다. 마침내 그는 "부활은 못 박고 못 빼는 일"이라고 꼭 찍어 말한다. 이어서 이 상황을 "한 몸에 구멍 난 천국과 지옥"이라 지칭한다. 그 부활이 "몸 바꾼 당신이 소풍 가는 날"이라면, 시인에게 있어서 탈일상적인 상상력과 일상적인 삶 또는 "천국과 지옥"은 이를 응대하는 태도에 따라 그 자리의 교체가 가능한 것이다(「못의 부활」). 인간의 운명 전체가 고정불변하는 것이 아니라 유동流動하고 변전變轉하는 것이라는 세계 인식이 이 시 속에 잠겨 있다.

가만히 창을 열어 놓습니다
가장 가벼운 것이
먼저 무거워진 당신의 집 한 채
창턱에 괸 담쟁이 한 잎
비로소 삽질을 끝냅니다

핑그르르
쑥부쟁이 구절초 억새풀의
덜 마른 눈물 자국
연신 훌쩍이며 나는
민소매의 기러기 두엇
창가에서 보낸 하루입니다
—「창가에서 보낸 하루」 전문

　　이 시집의 4부 첫머리에 나오는 시다. 창가에서 하루를 보
내고 시 한 편을 얻었으면, 그 하루가 결코 허망할 수 없다.
노천명에게 『창변窓邊』이란 시집이 있고 김진섭에게 「窓」이란
수필이 있다. 김종철의 창은 어떤 창일까. 건물의 창일 수도
있고 마음의 창일 수도 있다. 그는 그 창가에 서서 담쟁이 잎
을 바라보고, "쑥부쟁이 구절초 억새풀"과 같은 식물들의 "덜
마른 눈물 자국"도 바라본다. 그런가 하면 거기에는 "연신 훌
쩍이며 나는 / 민소매의 기러기 두엇"도 있다(「창가에서 보낸
하루」). 짧은 시 한 편 가운데 할 수 있는 모든 풍경의 집적을
도모했으니, 그의 '창가'는 풍요로우면서 의미의 골이 깊다.
평범한 광경이 시적 발화의 소득에 연동되어 있으니, 시인도
어느덧 고수급의 반열에 올라선 터이다.

이제는 당신을 멀리서 쏠 수는 없지만

빗나간 화살을 찾는 것은 어렵지 않습니다

내 생의 모든 것

향하면 모두 빗나갔습니다

나의 마지막 못의 화살도

내 생의 저녁을 뚫고

눈물도 없이 떠나보냈습니다

한 시절 눈 감고도 산 넘고 물 건너

지옥문까지 다다랐던 백발백중의 과녁

이제는 내 등 뒤에 그려진 당신의 과녁

오늘은 누군가 한 눈 지그시 감고 겨냥합니다

그래그래 이제는 두렵지 않습니다

당신도 향하면 모두 빗나갑니다!

—「함부로 쏜 화살을 찾으러」 전문

시인의 연륜이 그의 말대로 "환갑 진갑" 다 지나고 보니
(『개똥밭을 뒹굴며』), 세월의 발걸음이 빨라질 수밖에 없다. 그
렇게 쏘아버린 화살처럼, '흐르는 물처럼[歲月如流水]' 빨리
지나가는 것이 노년의 세월이다. 시인은 자신이 "당신"을 향

해 쏜 화살, 그중에서도 "빗나간 화살"을 생각한다. 그러고
보니 "내 생의 모든 것"을 향하면 모두 빗나갔다는 회한의 고
백이 뒤따른다. 한 시절에는 "지옥문까지 다다랐던 백발백중
의 과녁"이었다. 지금 이 지점에 이르러 "당신의 과녁"은 "내
등 뒤에 그려"져 있다(「함부로 쏜 화살을 찾으러」). 그렇게 보면
김종철의 '당신'은 세상의 귀한 모든 것이자 절대자이며 또는
자기 자신이라는 의미의 증폭을 꾀할 수 있다. 그러기에 이
제 두렵지 않다. 당신을 향하면 모두 빗나간다는 실패의 경
험칙에 겹겹이 쌓여 있기에. 시인이 함부로 쏜 화살을 찾는
것은 한편으로는 그의 삶을 되돌아보는 일이요, 다른 한편으
로는 자신의 시가 점유한 그 심정적 위상에 대한 확인 절차
에 해당한다.

'못'을 통해 얻는 깨달음의 여러 유형

김종철의 '못' 시 3부작 중 완성형이라 할 수 있는 시집 『못의 사회학』은 2013년 자신이 운영하던 문학수첩에서 간행되었다. 그의 나이 66세, 이 땅에서의 생애를 마감하기 한 해 전이다. 이 시집은 모두 4부로 구성되어 있고 1부 '못의 사회학'에는 동일한 이름이 부제로 되어 있는 연작시 15편이 수록되었다. 2부 '나로 살아갈 놈들'에는 못을 주제로 한 시 15편이, 3부 '연민으로 후욱 끊은 면발들'에는 시 16편이, 4부 '우리들의 신곡神曲'에는 시 11편이 실려 있어서 모두 57편이다. 이 시들에 이르면 시인 자신도 어렴풋이 자기 생의 연한에 대한 예감이 있는 것 같다. 그러기에 「시인의 말」에서 "이 시집에 못질한 천날밤의 못들은 / 나 죽은 뒤 나로 살아갈 놈들이다"

라고 적어두지 않았을까.

　　대패질을 한다
　　결 따라 부드럽게 말려 오르는
　　밥은 밥인데 못 먹는 밥
　　당신의 대팻밥
　　죽은 나무의 허기진 하루
　　등 굽은 매형의 숫돌 위에
　　푸르게 날 선 눈물이
　　대팻날을 간다

　　자주 갈아 끼우는 분노의 날 선 앞니
　　이빨 없는 불평은
　　결코 물어뜯지 못한다
　　먹어도 먹어도 배부르지 않는
　　대팻밥을 뱉으며
　　가래침 같은 세상을 뱉으며
　　목수는 거친 나뭇결을 탓하지 않는다

　　시시비비

입은 가볍고

혓바닥만 기름진 세상

먹여도 먹여도 헛배 타령하는

대패질은 자기 착취다

비껴 온 세상의 결 따라

날마다 소멸되는 나사렛 사람

나의 목수는 밥에서 해방된 천민이다

　　—「대팻밥—못의 사회학 3」 전문

　이 시집의 1부 '못의 사회학' 순번 세 번째의 시다. 시인은
대패질을 하고 또 대팻날을 갈기도 한다. 대팻밥을 뱉는 것
을 가래침 같은 세상을 뱉는 것으로 은유하며, 거친 나뭇결
을 탓하지 않는 목수를 떠올린다. 시인은 "입은 가볍고 / 혓
바닥만 기름진 세상"에서 대패질은 착취라는 주장을 내세운
다. 그리고 문득 목수 "나사렛 사람"이라는 선명한 초점에 이
른다. '나'가 목수가 아니라 '나의 목수'가 따로 있다는 말이
다. 그 목수가 "밥에서 해방된 천민"이라는 진술은 여러 가지
의미망을 두르고 있다(「대팻밥」). 밥에서 해방되었다면 곧 천
국의 일을 감당하는 지위를 수득收得한 것이고, 천민의 신분
이라면 세상의 이름 없고 힘없는 자들의 대언자를 자임하는

것이다. 삶과 못과 신앙이 하나의 연장선상에 놓이는 시적
언어 문법이다.

  올 윤 3월에는
  삼베 수의를 준비한단다
  개똥 같은 신세다
  고려장이다
  멀리 내다 버릴 심산인 것 같다

  이왕이면 큼지막하게
  주머니 달린 수의를 지어 달라고 하자
  저세상 가보지 않고 어떻게 아느냐고?
  지옥과 천국을 그토록
  귀에 못 박히도록 듣고도 의심하다니!
  그쪽 하느님은 무릎 치실 것이다
  일생일대
  수의 주머니에 든 그것을 보시면!

  윤달에는 수놓은 주머니를 달자
  흔하디흔한

막상 구하려면 눈에 띄지 않는 개똥

수의 주머니에 넣어 두자

살며 사랑했던 그날 모두가 개똥이다

모두 다 약이다

죽어서도 죽지 않는 윤달에는!

ㅡ「수의는 주머니가 없다ㅡ못의 사회학 14」 전문

수의는 주검의 옷이다. 수의를 미리 준비하는 데는 여러 가지 기피의 조건이 있다. 그런데 윤달은 날짜상의 계절과 실제의 계절이 어긋나는 현상을 막기 위한 것으로, 이 윤달에는 악운을 초래하는 '손님'이 없다는 것이 속설로 되어 있다. 시인의 수의가 준비된다는 사실은 그의 발병 시기와도 관련이 없지 않겠으나, 무엇보다도 그 연령이 진갑까지 넘겼다는 데 방점이 있을 터이다. 결과론적으로 말하자면 이때의 수의 준비는 그 시기가 합당한 경우가 되었다. 그러나 시인 자신의 심경은 또 다르다. 수의에 주머니를 달고 거기에 '개똥'을 넣어 두자는 말이다. 그리고 한껏 장엄하게 선언한다. "살며 사랑했던 그 날 모두가 개똥이다 / 모두 다 약이다 / 죽어서도 죽지 않는 윤달에는!". 여기에서의 개똥은 "흔하디흔한" 것이면서 "모두 다 약"인 중층적 의미를 가졌다(「수의는 주머니가 없다」).

순례에 올랐다
가장 추운 날
적막한 빈집에
큰 못 하나 질러 놓고
헐벗은 등에
눈에 밟히는 손자 한번 업어 보고
돌아가신 어머니도 업어 보고
북망산 칠성판 판판마다
떠도는
나는 나는 나는

못대가리가 없는 별
못대가리가 꺾인 별
못대가리가 둥글넓적한 별
못대가리가 고리 모양인 별
못대가리가 길쭉한 별
못대가리가 양 끝에 둘인 별

이 모두가

나 죽은 뒤 나로 살아갈 놈들이라니!

—「나 죽은 뒤」전문

　시인은 이 시에서 자신의 죽음을 불가역적인 상황으로 전제하고 그 등 뒤에 남을 것들에 대해 언급한다. 비슷한 표현으로 명성황후 민비의 상황을 〈나 가거든〉이라는 조수미의 노래로 들을 때, 가슴 밑바닥을 두드리는 감동이 일어나는 것은 상황 자체보다도 그 영원한 종말에 대한 연민과 동정 그리고 애처로움과 안타까움 때문이다. 시인 자신의 예감으로 이와 같은 제목의 시를 쓸 때, 시인과 독자가 한가지로 처연해질 수밖에 없다. 그는 "눈에 밟히는 손자 한번 업어 보고 / 돌아가신 어머니도 업어 보고", "북망산"으로 "칠성판"을 지고 가야 한다. 그러자니 문득 못대가리 각각의 모양으로 별이 된 자신의 시가 "나 죽은 뒤 나로 살아갈 놈들"이란 인식에 도달한다(「나 죽은 뒤」). 그만큼 시가 아깝고 시인으로 살아온 일생이 소중한 터이다. 누가 그랬던가. 새는 마지막에 그 울음이 아름답고, 사람은 마지막에 그 말이 선善하다고. 공자가 『논어』에서 가르친 '사무사思無邪'가 이곳에 와서 또 하나의 완성을 보았다.

나사못은 나선형입니다

몸속을 파고들 때나 빠져나올 때

소리가 나지 않습니다

'흔들어도 소리 나지 않는' 용각산처럼

십자드라이버로 꼭 잠근

나사 머리에는 십자가가 있습니다

인간이 고안한 최고의 발명품으로

평가받은 것이 우연이 아닌 것처럼

십자 볼트와 십자드라이버가

무슬림에 퍼진 것도 우연이 아닌 것처럼

그가 목수였던 것이 우연이 아닌 것처럼

나선형으로 하늘 오른 바빌론이

노여움 받은 것도 결코 우연이 아닌 것처럼

당신의 정수리에 열 십 자가 새겨진 것도!

그 나사못이 경전의 한 줄이 된 것도!

—「나사못 경전」 전문

    시인은 이 시집에서 참으로 많은 못의 유형과 형태를 제
시했다. '돌쩌귀 고리못, 거멀못, 무두정無頭釘, 족임질못, 광두
정廣頭釘, 곡정曲釘, 철정鐵釘, 나사못' 등이 그들의 이름이다. 이

가운데서도 마지막의 나사못은 좀 특별하다. 시인은 이 나선형의 못이 "파고들 때나 빠져나올 때 / 소리가 나지 않"는 것에 주목한다. 나사 머리에는 십자드라이버로 작동할 수 있는 "십자가"가 있다. "인간이 고안한 최고의 발명품"이란 찬사는, 꼭 그 모양만을 말하지 않는다. 이것이 결코 우연이 아니라는 것이 그의 통찰이다. "그가 목수였던 것이 우연이 아닌 것처럼" 말이다(「나사못 경전」). 그렇게 나사못이 그에게 '한 줄의 경전'이 되고 보면, 그가 시를 통해 추구한 못의 사회학은 여기에서도 제 몫을 감당하고 있는 셈이 된다.

어중이떠중이 시절
기생오라비라 불리던 시절
그때가 참 좋았다
눈물 많고 자주 눈물 흘리게 했던
그때가 정말 그립다

폐차시키기 전
시동을 걸고 라이트를 켜 보았다
그나마 건재했다
불온한 앞길에는 잘 적응되지 않았지만

그래도 사정을 참고 미루었던

젊은 밤 하나가

반짝 스쳐 지나간다

중고차가 부담 없다고

흠집을 감쪽같이 잡아

잘 빠졌다라는 말에

선뜻 계약한 그날

차주가 된 나는

한밤에도 주차장에 내려와

기생오라비같이 빨고 핥았다

한때 나를 늙게 하고

또한 젊어서 후회하게 했던

나의 기생오라비야

세월 앞에는 장사 없다고

오늘은 폐차장 가는 날이다

—「폐차장 가는 길」전문

이 시집 3부의 들머리에는 음식물에 관한 시 다섯 편이 있다. 시인은 우리 일상 가장 가까이에 있는 먹는 것에서 시를 얻고 인생을 읽었다. 그 이후의 시들 가운데는 유난히 자신의 종말에 대한 감회를 이끌어 내는 시들이 눈길을 끈다. 시인은 자신이 "기생오라비"라 불리던 시절이 참 좋았다고 술회한다. 그렇기도 할 것이다. 그 무렵엔 창창한 앞날이 예비되어 있었으며, 그 백색의 도화지에 어떤 그림이든 그려 나갈 수 있었기 때문이다. 그런데 그때 중고차에 흔연해 하던 시기를 지나 이제 오늘은 "폐차장 가는 날"이다. 세월 앞에 장사 없다는 속언이 부가되어 있다. 시인은 "나의 기생오라비"라는 언어를 불러오면서, 그것의 시차가 남긴 인생의 입맛 쓴 교훈을 독자에게 전달한다(「폐차장 가는 길」).

오늘은 나, 내일은 당신
부음 듣는 것, 덤덤한 일이다
마지막이라는 말
불시에 듣는 것, 정말 덤덤한 일이다

오늘의 운세는 오늘 사는 자의 몫
어제 죽은 신문의 부음란과 함께
하늘보다 더 높은 창

하나 내고 싶은 까닭이 여기 있었구나

살아서는 세워 두고
죽어서는 눕혀 놓은
우리들의 작은 깃발
오늘은 나, 내일은 당신!
　　　　　—「우리들의 묘비명」 전문

묘비명은 사실 우리 모두의 피할 길 없는 숙제다. 묘비명
은 죽는 순간의 모습을 기록하는 것이 아니며, 그날에 이르
도록 살아온 모습을 요약하여 기록하는 것이다. 일찍이 작가
황순원이 말한 바와 같이, "사람이 어떻게 죽을 것이냐 하는
문제는 곧 어떻게 살 것이냐 하는 문제와 같다". 시인은 부
음을 듣는 것이, 더욱이 불시에 듣는 것이 '무덤덤한 일'이라
고 정의한다. "오늘은 나, 내일은 당신"이기 때문이다. "살아
서는 세워 두고 / 죽어서는 눕혀 놓은 / 우리들의 작은 깃발"
또한 오늘은 나이고 내일은 당신이다(「우리들의 묘비명」). 이렇
게 그가 스스로의 운명에 관한 정의를 보편화하고 객관화하
는 것은, 자신에게 한 발 한 발 다가서고 있는 죽음의 그림자
를 보았기 때문이고 그에 대한 방어기제를 발동했기 때문이

다. 그러나 죽음을 피할 장사가 없고, 묘비명을 내칠 힘도 우리에게는 없다. 어쩌면 그의 내면에 이와 같은 시가 있었기에 이 험준한 날을 견딜 수 있지 않았을까.

형이 면회를 왔다
떡과 통닭 한 꾸러미에
눈물 핑 돌았지만 이내 담배를 물었다
번쩍이는 지포 라이터로 불붙여 주었다
쉬엄쉬엄 세상 소식 전하던 형은
지포 라이터를 봉화로 켜 올리며
활활 살아서 돌아와야 한다고
비바람에도 꺼지지 않는
은빛 날개 같은 생의 지표를
꼬옥 쥐어 주었다

내 몸이 되었다
경쾌한 소리에 맞춰 찰칵,
당겨지는 생명의 불꽃
부적 같은 봉화가 없어진 것은
전함을 타고 먼바다로 나아갔을 때였다

선실 침대칸까지 미친 듯 찾아 뒤졌지만
단짝 허 병장이 귓속말했다
'이 배에는 왕년의 소매치기, 구두닦이
다 있능기라요. 외제품인 게 문제지요'
그날 지포 라이터라는 이름으로
나는 가장 먼저 전사했다

—「지포 라이터를 켜며」 전문

이 시집 4부 '우리들의 신곡神曲'에 실린 시 열한 편은 모두
월남전 참전에 관한 담론과 군문의 이야기를 담았다. 왜 '신
곡'이란 이름을 붙였을까. 어느 모로 보나 단테의 『신곡』에서
제목을 빌려 왔을 터인데, 지옥을 견디는 자에 대한 그 웅장
한 서사시와 김종철의 월남전은 어떻게 같고 또 다를까. 움
직일 수 없이 명확한 사실 하나는, 김종철이 이 시편들을 통
하여 신성의 큰 범주보다는 인간 세상의 소소하지만 소중하
고, 경황이 없지만 치열한 담화들을 그렸다는 점이다. 면회
온 형이 "은빛 날개 같은 생의 지표"처럼 꼬옥 쥐어 준 지포
라이터, 그 라이터를 전함을 타고 먼바다로 나아갔을 때 잊
어버렸다. 이 황당한 현실을, 시인은 이렇게 썼다. "그날 지
포 라이터라는 이름으로 / 나는 가장 먼저 전사했다"(「지포 라

이터를 켜며」).

　　그날 총과 배낭으로 무장한 전투병보다, 위생병인 나는 구급
낭을 하나 더 메고 떠났다. 구급낭 속에는 압박붕대와 솜, 거즈,
지혈대 그리고 항생제와 아스피린, 지사제 등 알약과 소독, 핀셋
등 간단한 기구까지 챙겨 두었다.

　　작전 이튿날부터 풀에 베었거나 독충에 쏘이거나 감기에 걸
린 환자가 속출했다. 하얀 알약을 처방할 때가 가장 민망했다.
손을 씻지 못해 반 토막으로 쪼갠 코데인은 늘 새까맸다. 그러나
모두 안다. 작전 때는 손톱이나 수염 깎는 것을 금기시하는 것
을.

　　나는 손톱을 깎았다. 이판사판 깎아 버렸다. 소대원들이 수군
거렸다. 바로 그 시간, 엄청난 일이 일어났다. 작전 철수다! 갑작
스레 내려온 상부의 전통에 축제처럼 서로 얼싸안았다. 지금도
손톱 깎는 날에는 좋은 일만 생긴다. 매일 깎을 수 없으니 좋은
날도 때로는 손톱 자라는 동안 기다려 주기도 한다.

―「손톱을 깎으며」 전문

월남전에서 김종철은 위생병이었다. '작전'이라고 하면, 다른 말로 죽음의 장소로 나가는 일이다. 이때는 손톱이나 수염 깎는 것이 금기다. 그런데 위생병인 그는 손톱을 깎아 버렸다. 그리고 그 시간에 "작전 철수"라는 엄청난 좋은 일이 일어났다. 시인은 "지금도 손톱 깎는 날에는 좋은 일만 생긴다"고 단정한다. 일종의 자기 암시이면서 자기 인생에 덧붙이는 부적 같은 믿음이다. 한차 한 걸음 더 나아가서, "매일 깎을 수 없으니 좋은 날도 때로는 손톱 자라는 동안 기다려 주기도 한다"는 것이다. 한 시인의 시와 삶에 있어서 이보다 더 완강한 플라시보 효과Placebo effect를 목격하기는 어렵다. 그런데 이와 같은 긍정적인 자기 확신이 우리의 시인 김종철로 하여금, 한 시대의 에포크Epoch를 긋는 출판인이 되게 한 것은 아닐까.

유고 시집에 남은 시인의 마지막 말

김종철의 마지막 시집 『절두산 부활의 집』은 2014년 7월 그
가 세상을 떠난 지 세 달 뒤 10월에 가형 김종해가 운영하는
문학세계사에서 상재되었다. 그리고 두 해 뒤 7월 그의 2주
기를 기려 『김종철 시전집』이 문학수첩에서 상재되었다. 유
고 시집 『절두산 부활의 집』에서 「시인의 말」은, 김종철 자신
이 「마지막 서문」이라는 제목을 붙여 직접 썼다. 투병의 말년
에 시집의 편집을 시작했다는 뜻이다. 이 시집은 모두 5부로
구성되어 있고 1부 17편, 2부 9편, 3부 16편, 4부 25편, 5부
13편 등 80편이 실려 있다. 서문에서 시인은 작은딸의 힘을
빌려 원고를 정리하고 있다고 했다. 이어서 "혹시 시간 지나
책이 되어 나오면 용서 바란다"고 하고 "그리고 잊어주길 바

란다"고 글을 맺었다. 이보다 더 가슴 아픈 서문은 앞으로도
만나기 어려울 것 같다.

나는 기도하는 나무다

나를 둘러싼 무성한 잎들

기도의 짐이다

더러는 가지를 부러뜨린 소망들

내 마음의 겨울이 오면서

모두 땅 위에 내린

나는 무릎 꿇은 나무다

단 한 벌로 맞은 일생의 겨울

하늘로 꼿꼿이 선

마지막 한 잎의 눈물까지 떨구었다

생의 수식어를 벗은 겸허한 나무,

한 말씀만 하소서

제가 곧 나으리다

　　　―「제가 곧 나으리다」 전문

인간이 절체절명의 운명 앞에 서면, 궁극에는 기도밖에 길

이 없다. 기도는 세 가지 방법으로 응답된다는 것이 기독교의 통설이다. 그래, 그랬구나, 내가 네 기도를 들었다는 응답과 그에 대한 문제 해결이 첫째다. 그리고 아직 때가 차지 않았으니 기다려라, 아니면 그 기도는 합당하지 아니하니 응답이 없는 것이 응답이다라는 결과가 둘째와 셋째다. 그런데 그 결과가 어떠하든 간에 기도의 와중에서 스스로 답을 찾으면 어떻게 기도가 응답되지 않았다고 하겠는가. 때로 자신이 찾아낸 답이 현실적이고 물리적인 이 세상의 것이 아니라 신앙의 가장 고양된 상태에서 심정적으로 새로운 세계에 진입한 것이 되면, 그것이 곧 응답의 다른 형식이라 할 것이다. 시인이 "제가 곧 나으리다"라는 성경 말씀에 의지하여 "한 말씀"을 기다리는 간구懇求는, 이 기도 응답의 도식을 따라가는 것이 아닐까(「제가 곧 나으리다」).

몸과 마음을 버려야만 비로소 머물 수 있는 곳
아내의 따뜻한 손에 이끌려
용인 천주교 공원묘지와 시안에도 들렀다
내 생의 마지막 투병하는데
절두산 부활의 집을 계약했다고 한다
신혼 초 살림 장만하듯 아내와 반겼다

절두산은 성지순례로 가족과 들렸던 곳

낮은 나에게도 지상의 집을 사랑으로 주셨다

머리가 없는

목 잘린 순교의 산

오, 나도 드디어 못 하나를 얻었다

무두정無頭釘

부활의 집 지하 3층에서

망자와 함께 이제사 천상의 집 지으리라

　　—「절두산 부활의 집」 전문

시인의 투병 생활을 짐작할 수 있게 하는 시다. '용인 천주
교 공원묘지'와 '절두산 부활의 집'은 모두 우리나라 초기 기
독교의 순교자들과 그들이 흘린 피의 역사가 응결되어 있는
장소다. 절두산은 시인이 성지순례로 가족과 함께 들렸던 곳
이라는데, 시인은 거기를 "생의 마지막 투병" 처소로 정했다
는 말을 듣고 "신혼 초 살림 장만"하던 때를 소환한다. 그 "목
잘린 순교의 산"에서 시인은 자신의 시와 못 하나를 얻는다.
"무두정無頭釘", 즉 머리 없는 못이다. 이 새로운 발견에는 여
전히 시인으로서의 반짝이는 기지機智가 살아 있다. 그는 거
기서 "천상의 집"을 꿈꾼다(「절두산 부활의 집」). 어떤 사물에서

든 지상과 천상, 과거와 현재, 삶과 시의 못을 함께 보는 그
는, 병을 얻었지만 병을 통해 세상의 울타리 너머를 보는 눈
도 같이 얻었다.

아흔한 살 구 일본 노병 마츠모토 마사요시
눈 내리는 중국 북서부
가타메 병단 7대대 본부 위생병인
스물한 살 마츠모토 마사요시를
무릎 꿇리고 참회시켰다

야간 배식 기다리듯
한 줄로 길게 늘어섰던 부대원들
한 병사가 문 열고 나오기 무섭게
허리춤 쥐고 연이어 들락거렸던 밤
서너 명의 조선 여인들은
밤새워 눈물로 복무했다
부대가 전쟁 치른 날에는
한꺼번에 생사 확인하듯 더 바빠졌다
살아 있는 몸뚱이만 몸이 아니었다
돌아오지 못한 사내들의

피로 물든 만주 벌판까지
밤새 빨래하는 것도 그녀들 몫이었다
　　―「망치가 가벼우면 못이 솟는다―몸의 전사편찬사」 부분

　이 시집의 2부에 수록된 시들은 주로 일본군 위안부 문제를 다루고 있다. 사실 '위안부'라는 말은 적합하지 않으며 정확하게는 '일본군 성노예'라는 표현이 맞다. 이와 관련된 역사적 기록이나 피해의 증언자 또는 목격자는 수도 없이 많으나, 일본 정부는 이를 공식적으로 인정하지 않고 있다. 어떤 면에서는 구체적 사실을 펼쳐 보이는 것보다, 이처럼 시나 소설을 통해 감성에 호소하는 것이 훨씬 더 빠르고 큰 공감을 불러올 수 있을 것이다. 김종철의 유고 시집에서 이 비극적 역사의 첨예한 장면들을 목도할 수 있는 것은, 그 나름의 의의가 작지 않다. 인용의 시는 스물한 살이었던 병사 마츠모토 마사요시가 노년에 이르러 역사의 진실을 증언한 실화를 담았다. 시인은 시의 마지막에 이렇게 썼다. "위안부 몸의 역사는 / 못 박힌 일본 제국의 전사편찬사다"(「망치가 가벼우면 못이 솟는다」).

　적당한 때 죽어라

차라투스트라는 이렇게 말했다.
생의 연회가 끝나면
배부른 자는 모두 떠나고
그대는 죽음을 준비한다

빈 술병의 무덤에
검은 봄이 오는 것은
왜 월요일이어야 하며
오전 10시와 3시 사이
가을 겨울보다 봄과 초여름 사이
부활을 막기 위해 말뚝 박힌 자들은
왜 북동쪽에 머리를 두는가

사포는 사랑 때문에
히포는 순결을 위하여
아리스토텔레스는 회한에 못 이겨
클레오메네스는 명예를 위해
데모크리토스는 늙고 쇠약한 몸이 싫어
디오게네스는 삶을 멸시하며
모두 다 자기 살해를 택했다

차안에서 피안으로 그어진 국경

원치 않았지만 어쩔 수 없이

시간을 따라 강제로 이동 당했다

그것을 '늙었다'는 말로 대신했다

내가 보고 있는 세상은

백억 년 전이나 지금이나 나이만 똑같다

—「THE END」 전문

죽음이라는 거대한 어둠의 그림자가 눈앞에 있다 보니, 우리의 시인 김종철은 시를 통해 죽음을 탐구한다. 차라투스트라가 불려 나오고, 죽음의 시간과 장소에 대한 질문이 제기된다. 그런가 하면 인류사의 명사名士들 가운데 '자기 살해'를 택한 이들의 사유를 열거해 보인다. 죽음이 "차안에서 피안으로 그어진 국경"이라면, 이 죽음은 시간을 따라 '강제 이동'을 당하는 것이며 이는 '늙었다'라는 말로 대신한다는 것이 시인의 진단이다. 끝내 시인은 "내가 보고 있는 세상은 / 백억 년 전이나 지금이나 나이만 똑같다"라는 결론을 도출한다 (「THE END」). 시간의 경계를 넘어 세상의 나이가 똑같다는 표현법은, 죽음이 가진 보편적 성격이 누구에게나 한결같이 적용된다는 시인의 판단을 대신하는 것이라 여겨진다.

평생 시를 썼지만

돈 된다는 생각은 한 번도 없었지만

후배 시인은 집도 사고 생활도 꾸렸다

사양하지 못해 받은 원고료까지 셈하니

3개월 치 월급밖에 되지 못한

한 생애, 시를 살다 간다

투정도 하지 않고

한 줄에만 골몰하며

세상일 숙제하듯 내다보면서

평생 일천만 원 벌기 위해

수억 원 재능을 버린 나는

가족에게 시로 밥 한 끼 먹인 적 없다

시는

애써 외면할 수 있는 가난이었기에

이는 곧, 나다 외치고 싶지만

잘 가거라

끝내 팔리지도 읽히지도 않은

나에게 빚만 남겨 두고

떠나는 시여.

―「평생 너로 살다가」 전문

　말년의 시인에게 무엇이 남을까. 세상의 명예나 재산은, 짐작건대 뜬구름같이 허망할 뿐이다. 가족이 남을 것이다. 이 끈끈하고 질긴 혈연이 있기에 우리의 생명력이 다음 세대로 전이된다. 그리고 시가 남을 것이다. 돌이켜 보면 그 시는 참으로 계륵鷄肋 같은 존재였다. 자신의 삶에서 떠나게 할 수 없고 자신이 그로부터 떠날 수도 없었다. 시와 시인은 한 몸이요 생존 공동체였다. 그 시는 인용의 시에서 볼 수 있듯이 경제적인 문제의 해결책이 되지 못했다. 끝내는 빚만 남겨 두고 떠나는 존재다. 생애의 뒤끝에서 시를 두고 이렇게 하소연할 수 있다면, 그 시는 시인의 막역지우莫逆之友요 먼 인생길의 도반道伴이었다. 가장 가까운 자는 가장 쉬워 보이지만, 그가 없는 사태에 이르면 진정으로 남을 것이 없다. 김종철이 시와 더불어 '평생 너로 살다가' 떠난 이유다.

　시골 성당
　베들레헴 구유 앞에
　성호 긋고 선 아내가 묻는다.

여물통 어딨냐고,

빈 마굿간 웬 여물통이냐 하자

아내는 활짝 웃으며

예물통! 한다.

깨어 있으라는 가난한 복음 대신

여물통 같은 보청기와

숭숭 썬 볏짚 여물이 그리운 날이다.

—「성탄 선물」 전문

이 시집의 4부에 실린 시들은 모두 여행길 또는 성지순례
의 도정에서 얻은 실과實果다. 그런 만큼 절대자를 향한 신앙
과 생활 속의 실천에 관한 이야기들로 편만遍滿해 있다. 이러
한 정신적 지주를 가진 자의 내면은 언제나 새로운 감각으로
충일하다. 이처럼 좋은 생각을 그 가슴에 품고 있으면 그 자
신의 영혼이 피폐해지지 않는다. 인용의 시는 시인 부부가
예수 그리스도의 탄생지 베들레헴의 구유 앞에 선 정황을 그
린다. 말이 부드러워 '구유'이지 이는 말의 밥그릇이 되는 홈
이 파인 나무통이다. 이 부부는 "여물통"과 "예물통"을 번갈
아 발성하며 행복한 한 때를 연출한다(「성탄 선물」). 4부의 시
들은 모두 이렇게 속도감이 있고, 빠른 호흡으로 읽을 수 있

는 쾌청한 것들이다.

　　요한은 십자가다
　　십자가의 못이다
　　십자가의 십자가 못이다
　　키 작은 요한은 도토리나무의 못이다
　　아빌라의 십자가나무의 못이다
　　성 요한은 십자가 요한이다
　　홀로 선 못이다
　　못 자국을 남기지 않은 목수다
　　십자가의 성 요한은
　　―「십자가의 성 요한」 전문

　　예수의 열두 제자 가운데 요한을 노래한 시다. 그 제자들
가운데 예수를 판 가룟 유다는 스스로 목숨을 끊고 다른 제
자가 그 자리를 채웠다. 이들 중 유일하게 끝까지 천수天壽를
누린 제자가 요한이다. 다른 제자들은 자신들의 스승이자 인
류의 스승, 구원자인 예수 그리스도를 위해 목숨을 버리며
순교했다. 시인은 그 요한을 두고 "십자가"이며 "십자가의
못"이며 "십자가의 십자가 못"이라는 호칭을 공여한다. 그를

두고 이윽고 "못 자국을 남기지 않은 목수"라고 부른다(「십자가의 성 요한」). 요한을 이렇게 바라보는 것은, 그 신앙의 모범에 대한 존경이면서 동시에 자신의 가슴에 숨어 있는 신앙에 대한 수긍이다. 그가 참된 종교인이라면, 이 보고 배우기 또는 따라 배우기의 도식이 삶의 어느 국면에서나 동등하게 또 강렬하게 작용하기 마련이다.

늦은 나이, 조그만 출판사 하나 차린 나는
이른 아침 책상 모퉁이에서 기도한다.
남 볼세라 무릎 꿇은 괘종시계
추처럼 두 손 모으면
그때마다 불청객처럼 문 두드리는 한 통 전화.
어이, 종처리
하느님보다 먼저 응답하며
내 아침 기도의 불평을 틀어막은 편운.
저녁 대포 한잔 하세나
이보다 더한 세상 응답 또 있을까
문득 당신을 그리면
내가 더 그리워지는 그 책상 모퉁이.
　　―「책상 모퉁이 기도―편운 조병화」 전문

한 사람이 이 땅에 살았다는 것은 무엇을 말할까. 한 사람이 이 땅에 무엇을 남겨서 가치 있는 것이 되자면 그것이 무엇이며 어떤 성격을 가져야 하는 것일까. 김종철은 이 시에서 확신 있게 그 답안을 내놓고 있다. 그렇다. '사람'인 것이다. 시인은 편운 조병화 시인의 사례를 들어 이 유서 깊고 고색창연한 질문에 대한 답을 썼다. "어이, 종처리" 하고, "하느님보다 먼저 응답하며" 전화를 걸어온 편운 선생. "저녁 대포 한잔 하세나"는 경제적 어려움의 해소보다 훨씬 더 강하게 시인의 가슴을 두드린다(『책상 모퉁이 기도』). 바로 이 대목이다. 9년 전에 육신의 장막을 훌훌 벗어버리고 우리 곁을 떠난 시인 김종철이, 생전에 그가 건네었던 그 숱한 말과 손길과 표정으로 지금껏 우리의 가슴을 두드리고 있는 것이다. 바라기로는 이 글이 마음을 다하여 그에게 드리는 따뜻한 진혼곡 鎭魂曲이었으면 한다.

- 1947년 2월 18일(음력) 부산시 서구 초장동 3가 75번지에서, 김해 김씨 김재덕金載德과 경주 최씨 최이쁜崔入粉 사이 3남 1녀 중 막내로 출생.

- 1960년 부산 대신중학교 입학.

- 1963년 부산 배정고등학교에 문예 장학생으로 입학.

- 1968년 『한국일보』 신춘문예에 시 「재봉」 당선. 시인 박정만과 함께 박봉우, 황명, 강인섭, 이근배, 신세훈, 김원호, 이탄, 이가림, 권오운, 윤상규 등이 참여한 '신춘시' 동인에 참여. 김재홍과 교우 시작. 3월 미당 서정주가 김동리에게 적극 추천하여 문예 장학 특대생으로 서라벌예술대학 입학.

- 1970년 『서울신문』 신춘문예에 시 「바다 변주곡」 당선. 3월 입영 통지서를 받고 논산 훈련소로 입대함.

- 1971년 베트남전에 자원해 참전. 백마부대 일원으로 깜라인 만과 냐짱에 배치받음.

- 1975년 1월 진주 강씨 강봉자姜奉子와 결혼. 첫 시집 『서울의 유서』(한림출판사) 상재. 첫딸 은경 태어남. 이탄, 박제천, 강우식, 이영걸, 김원호 등과 '손과 손가락' 동인 결성.

- 1977년 둘째 딸 시내 태어남.

- 1984년 두 번째 시집 『오이도』(문학세계사) 상재. 동인 '손과 손가락'을 '시정신詩精神'으로 개명함. 정진규, 이건청, 민용태, 홍신선, 김여정, 윤석산이 새로 참여함.

- 1989년 7월 김주영, 김원일, 이근배 등과 함께 국내 문인 최초로 백두산 기행. 12월 어머니 별세.

- 1990년 세 번째 시집 『오늘이 그날이다』(청하) 상재. 제6회 윤동주문학상 본상 수상.

- 1991년 11월 도서출판 문학수첩 창사.

- 1992년 네 번째 시집 『못에 관한 명상』(시와시학) 상재. 제4회 남명문학상 본상 수상.

- 1993년 제3회 편운문학상 본상 수상.

- 1997년부터 1998년까지 평택대학교 출강.

- 1999년 이탈리아 시에나 대학교의 문고 시리즈로 영문시집 *The Floating Island* (Edition Peperkorn) 출간.

- 2000년 중앙대학교 예술대학에서 제3회 자랑스러운 문창인상 수여.

- 2001년 다섯 번째 시집 『등신불 시편』(문학수첩) 상재. 제13회 정지용문학상 수상.

- 2002년부터 2004년까지 모교인 중앙대학교 문예창작과 겸임 교수 역임.

- 2003년 봄 종합 문예 계간지 『문학수첩』 창간. 김재홍, 장경렬, 김종회, 최혜실이 초대 편집위원을 맡고, 권성우, 박혜영, 방민호, 유성호가 2대, 김신정, 서영인, 유성호, 정혜경이 3대, 고봉준, 이경재, 조연정, 허병식이 4대 편집위원을 맡음. 2009년 겨울호(통권 28호)로 휴간함.

• 2004년부터 2006년까지 경희대학교 일반대학원에서 겸임 교수 역임.

• 2005년 형 김종해와 함께 형제 시인 시집 『어머니, 우리 어머니』(문학수첩) 상재. 7월 평양에서 열린 남북작가회의에 부의장 자격으로 참석.

• 2009년 여섯 번째 시집 『못의 귀향』(시와시학) 상재. 제12회 한국가톨릭문학상 수상. 시선집 『못과 삶과 꿈』(시월)을 활판 인쇄 특장본으로 상재함.

• 2011년 봄 시전문 계간지 『시인수첩』 창간호 발간. 『문학수첩』을 이어 통권 29호로 발간. 장경렬, 구모룡, 허혜정이 초대 편집위원, 김병호가 편집장을 맡음. 2대 편집위원은 구모룡, 김병호, 문혜원, 최현식이 맡음. 한국가톨릭문인회 회장으로 추대됨. 국제펜클럽 한국본부 이사로 선인됨.

• 2012년 한국작가회의 자문위원, 한국시인협회 심의위원장 역임.

• 2013년 일곱 번째 시집 『못의 사회학』(문학수첩) 상재. 한국가톨릭문인회 창립 이후 50년 만에 첫 무크지 『한국가톨릭문학』 발간. 7월 「한국대표 명시선 100」의 하나로 『못 박는 사람』(시인생각) 상재. 제8회 박두진문학상 수상.

- 2014년 한국시인협회 회장으로 추대됨. 한국저작권협회 이사 역임. 제12회 영랑시문학상 수상.

- 2014년 7월 5일 암 투병 끝에 67세를 일기로 세상을 떠남.

- 2014년 10월 유고 시집 『절두산 부활의 집』(문학세계사) 상재.

- 2016년 7월 2주기를 기려 『김종철 시전집』(문학수첩) 상재.

김종철 시인의 작품 세계 04
삶과 못과 시의 변주곡

초판 1쇄 인쇄 2023년 6월 21일
초판 1쇄 발행 2023년 7월 5일

지은이 | 김종회
발행인 | 강봉자, 김은경

펴낸곳 | (주)문학수첩
주소 | 경기도 파주시 회동길 503-1(문발동 633-4) 출판문화단지
전화 | 031-955-9088(마케팅부), 9530(편집부)
팩스 | 031-955-9066
등록 | 1991년 11월 27일 제16-482호

홈페이지 | www.moonhak.co.kr
블로그 | blog.naver.com/moonhak91
이메일 | moonhak@moonhak.co.kr

ISBN 979-11-92776-70-5 03810

* 파본은 구매처에서 바꾸어 드립니다.